JN054938

高速戦艦「赤城」4

グアム要塞

横山信義

Nobuyoshi Yokoyama

C★NOVELS

扉　画　佐藤道明
地図・図版　安達裕章
編集協力　らいとすたっふ

目次

第一章　マリアナの一夜城　9
第二章　グアム強襲　33
第三章　水戦飛翔　77
第四章　甦る脅威　103
第五章　立ちはだかるもの　141
第六章　覇王生誕　201

沖ノ鳥島

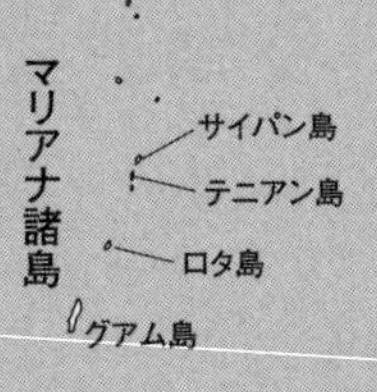

太平洋

トラック環礁

内南洋要域図

沖縄
台北
新竹
石垣島
宮古島
西表島
台湾
台南
高雄
南シナ海
サンティアゴ島
リンガエン湾
ルソン島
マニラ
バターン半島
コレヒドール島
フィリピン
ミンドロ島
サマール島
タクロバン
パラワン島
パナイ島
レイテ島
ネグロス島
パラオ諸島
バベルダオブ島
コロール
ペリリュー島
ミンダナオ島
モロ湾
ダバオ
ボルネオ島
セレベス海
モロタイ島
セレベス島
ハルマヘラ島

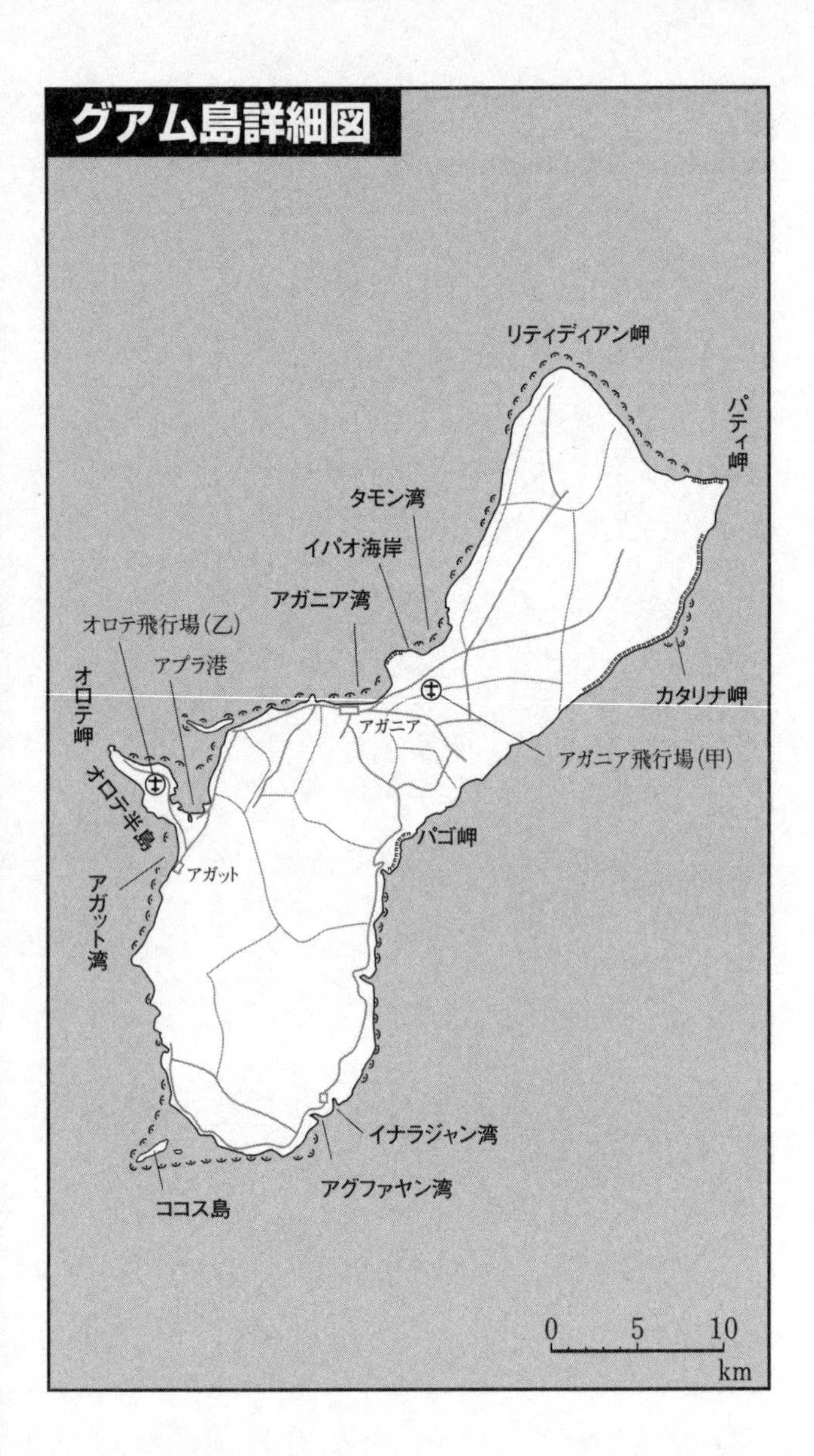

グアム島詳細図
リティディアン岬
パティ岬
タモン湾
イパオ海岸
アガニア湾
オロテ飛行場(乙)
アプラ港
オロテ岬
カタリナ岬
アガニア
アガニア飛行場(甲)
オロテ半島
パゴ岬
アガット
アガット湾
イナラジャン湾
アグファヤン湾
ココス島
0 5 10
km

高速戦艦「赤城」4

グアム要塞

第一章　マリアナの一夜城

1

「目的地まで三七キロ」

「了解」

早見剛海軍飛行兵曹長の報告に、一〇〇式司令部偵察機の操縦席に座る沼田隆一陸軍中尉は、ごく短く返答した。

　早見と組んだ当初は、距離を「浬」で伝えて来るため、「キロかメートルに直してくれ」と注文していたが、容れてくれたようだ。

　沼田は腰を僅かに浮かせ、前方を見た。

　紺碧の海原の直中に、目的地のグアム島が見える。

　マリアナ諸島では、最大の面積を持つ島だと聞かされていたが、今はまだ胡麻粒ほどの大きさだ。

　高度計の針は、五九〇〇メートルを指している。

　亜熱帯圏ではあるが、気温は非常に低い。寒さが刃と化し、肌を突き刺すようだ。

（満州で戦った先達よりはましだな）

　そんな想念が、沼田の頭をかすめた。

　日露戦役の折り、帝国陸軍将兵は、厳寒期の満州でロシア軍と戦ったのだ。

　戦いが終わっても、氷点下二〇度から三〇度まで冷え込む厳寒の中での野営や行軍が、いつ果てるともなく続く。

　だが飛行機乗りは、地上に降りさえすれば、高空の寒さから解放される。

　これぐらいで寒がっていたら、日露戦役に従軍した先達に怒られる――そう思いつつ、沼田は一〇〇式司偵を操った。

　グアム島との距離が縮まり、島影が拡大する。北側からは「く」の字を裏返したような形に見える。

「西岸沖に回り込んで下さい。敵飛行場は、島の西部にあるとの情報です」

「了解した。西岸沖に回り込む」

　早見の指示を受け、沼田は舵輪を僅かに右へと回した。

（敵の飛行場は、使用可能な状態にあるのか？　だとすれば、いつの間に飛行場を修復した？）

　そんな疑問が浮かんだ。

　グアム島の米軍飛行場は、開戦劈頭、マリアナに展開していた第二二、二五航空戦隊が叩き、使用不能に陥れたはずだった。

　その後、戦局の焦点はフィリピンにあったため、マリアナ方面の日本軍は、グアムの米軍と睨み合うだけとなっていた。

　そのグアムで異変が起きたのは、この四日前――昭和一七年五月三日のことだ。

　グアム周辺の偵察に飛び立った海軍の水上偵察機が、未帰還となったのだ。

　水偵が所属する海軍第二〇航空隊では事故だと考えていたようだが、翌五月四日にも、グアム近海で水偵が未帰還となった。

「我が軍が気づかぬうちに、グアムの米軍飛行場は再建されていたのかもしれない」

　マリアナ諸島、小笠原諸島の防衛を担当する海軍の第八艦隊司令部は、そのように推測し、高速の偵察機をグアム上空に派遣すると決定した。

　海軍の新鋭機「二式艦上偵察機」は、機動部隊への配備が優先され、基地航空隊にはなかなか回って来ない。

　旧式の九八式陸上偵察機は速力が小さく、敵戦闘機に捕捉されたら逃げられない。

　そこで海軍が目を付けたのが、陸軍機の一〇〇式司偵だ。

　同機は敵中深く進入し、後方における敵情を探ることを目的として開発された機体で、速度性能と航続性能が高い。

　対ソ連、もしくは対中国の全面戦争が勃発した場合、満州や朝鮮半島で運用されることが想定されていたが、当面大陸で新たな戦争が始まる可能性はないと考えられたことから、陸軍も一〇〇式司偵のマリアナ派遣に同意した。

　陸軍の飛行機乗りは、地上の目標物を頼りに飛ぶ地文航法を習得しているため、目印のない海上を飛ぶことを苦手としていたが、海軍は天測航法に習熟した偵察員を後席に搭乗させること、偵察終了後はサイパン島から長波を輻射し、誘導に当たることの二つを約束していた。

　サイパンに派遣されたのは、一〇〇式司偵の二型だ。昭和一五年九月に採用された一型に比べ、最高速度、航続性能共に向上している。

　この五月に実用審査を終え、六月より量産に入ることになっていたが、陸軍航空本部は、

「実戦の場で用いることが、最良の実用審査になる」

　との理由で、貴重な試作機と一〇〇式司偵に慣れた操縦者を前線に派遣していた。

　グアムの米軍が、サイパンの第八艦隊に知られぬよう飛行場を復旧したというのは、沼田には信じられない。

　爆撃を受けた飛行場を、再び離着陸可能とするまでに必要とされる人手と時間は、経験上よく分かっているつもりだ。

　飛行場の規模や爆撃の被害状況にもよるが、壊滅状態になった飛行場を再建するとなれば、新しい飛行場を建設するのと変わらない。

　そのような作業を、日本軍の目に付かぬよう、短期間で終えるなど、信じられないが――。

（行けば分かる）

　そう自身に言い聞かせ、沼田は一〇〇式司偵をグアム島の西岸沖に回り込ませた。

　島の大部分は、樹木に覆われている。

　北部には、飛行場は見当たらないようだ。

　沼田は、前方と左右に視線を転じる。

　本当に敵飛行場が機能しているのであれば、いつ敵戦闘機が出現してもおかしくない。一瞬の油断が死を招く。

一〇〇式司偵は、五九〇〇メートルの高度を保ちつつ、島の西岸に沿って南下する。

紺碧の海面と緑に覆われた大地が、後方に流れ去ってゆく。

「あった！」

伝声管から、早見の叫びが伝わった。

沼田も、グアムの地上に視線を向けた。

「あいつか」

との呟きが漏れた。

海岸付近に、三本の長い直線路が見える。

その周囲に、付帯設備と思われる複数の建造物も確認できる。

高度差があるため、駐機している航空機までは分からないが、明らかに飛行場の滑走路だと分かる。

「どうする？　引き上げるか？」

「もう少し、南下して下さい。西岸のオロテ半島にも、敵飛行場があるかもしれません」

「分かった。もう少し、南下する」

早見の言葉に、沼田は即答した。

機体を、グアムの西岸に沿って南下させた。

ほどなく前方に、鉾のような形状の半島が見え始めた。早見が言った、オロテ半島のようだ。

半島の北側が港湾施設になっているのか、桟橋とおぼしき構造物も見える。

「飛行場はあるか？　どうだ？」

「ありました！　半島の中ほどです！」

沼田の問いに、早見は大声で返答した。

沼田も、オロテ半島に目をやった。

薄緑の大地の中に、三本の直線路が見える。

うち一本は半島を縦に貫き、二本はその一本と斜めに交差している。

先に発見した飛行場より、規模が小さいようだ。

「撮影終わり。引き上げて下さい！」

早見が報告したとき、下方から複数の影が舞い上がって来る様が目に入った。

「お出迎えか！」

沼田は、吐き捨てるように叫んだ。

敵戦闘機が、迎撃に上がって来たのだ。

「逃げるぞ！」

一声叫び、沼田は舵輪を右に回した。

速度性能と航続性能の二つに重点を置いて設計・製作されているため、旋回性能は非常に悪い。

一〇〇式司偵は僅かに機体を傾け、大きな円弧を描いて右に旋回する。

一八〇度の旋回を終え、機首を北に向けたときには、敵戦闘機は一〇〇式司偵との距離を詰めている。

機首が太く、一見空冷エンジン機のように見えるが、実際には液冷エンジンの搭載機だ。

陸軍航空隊も、海軍航空隊も、既にフィリピンで干戈を交えている。

米陸軍航空隊の主力戦闘機、カーチスP40〝ウォーホーク〟だ。

沼田は、エンジン・スロットルをフルに開いた。

両翼に装備する三菱ハ102空冷複列一四気筒エンジンが猛々しい咆哮を上げ、一〇〇式司偵が一気に加速された。

「敵機発砲！」

早見が叫ぶが、敵弾が一〇〇司偵の機体を抉ることはない。操縦席から、火箭も見えない。

敵弾は一〇〇式司偵を捉えることなく終わったようだ。

一〇〇式司偵は、更に速度を上げる。速度計の針は、容易く五〇〇キロを突破し、六〇〇キロに迫る。

コクピットの中はフル・スロットルのエンジン音と風切り音に満たされ、グアム島はみるみる遠くなってゆく。

「敵機、追いついて来られません！」

「あたぼうよ」

早見が興奮した声で報告し、沼田は陽気な声で返答した。

一〇〇式司偵二型の最大時速は六〇四キロ。

陸軍の最新鋭戦闘機「鍾馗」よりも速いのだ。

相手が戦闘機であっても、捕捉される気はしなかった。

「敵機、見えなくなりました」

早見がほどなく報告したが、沼田はすぐには速力を落とさなかった。

五分余り、全速での飛行を続けた後、初めてスロットルを絞り、減速した。

巡航速度に戻したところで、沼田は呟いた。

「これで、本機の実用審査が終わったわけだ」

2

海軍第八航空隊の一式戦闘攻撃機「天弓」四二機は、サイパン島のアスリート飛行場を離陸後、高度を三〇〇〇メートルに取った。

針路は二一〇度。グアム島に直進する方向だ。

第三小隊長刈谷文雄中尉は、上空を振り仰いだ。

多数の機影が頭上に見える。

八空と同じ、第二三航空戦隊に所属する、台南航空隊の零式艦上戦闘機四五機だ。

八空の天弓と台南空の零戦が、五〇〇メートルほどの高度差を取って進撃する。

刈谷機の周囲には、自機も含めて四二機の天弓が装備する三菱「火星」一一型エンジン八四基の爆音が轟いている。

ほどなく、左前方に小さな島が見え始める。

テニアン島とグアム島の中間に位置するロタ島だ。

海軍中央には、同島に不時着用の小規模な飛行場を設ける計画もあったようだが、グアムに敵の航空部隊が進出したとあっては、そのような余裕はない。

今はグアムの敵を撃退し、マリアナ諸島の制空権を盤石のものとすることが最優先だ。

ロタ島は、すぐ死角に消える。

天弓と零戦、合計八七機の戦爆連合は、速度を変えることなくグアムに向かってゆく。

「グアムまで、約四〇浬」

「あと一五分ほどだな」

偵察員席の佐久間徳藏二等飛行兵曹の報告を聞き、刈谷は口中で呟いた。

前方には、第一、第二小隊の六機が見える。飛行隊長の早乙女玄少佐は先頭に立ち、攻撃隊の誘導に当たっている。

(敵機は、どこで仕掛けて来るか)

刈谷は、周囲を見渡した。

米軍の対空用電探は、既に攻撃隊を捕捉しているはずだ。

敵戦闘機が姿を現しても不思議はないが、今のところ、そのような兆候はない。

天弓も、零戦も、緊密な編隊形を保ったまま、グアムを指して進撃している。

一〇分余りが経過したとき、先頭の早乙女機が大きくバンクした。

「あれか！」

刈谷は小さく叫んだ。

左前方に、目的地のグアム島が見えている。

最初は海上の小さな点にしか見えないが、接近するにつれて拡大し、海岸線もはっきりして来る。

「早乙女一番より全機へ。無線封止解除。突撃隊形作れ」

無線電話機のレシーバーに早乙女の声が響いた直後、頭上で動きが生じた。

台南空の零戦が、次々と左の水平旋回をかけ、グアム上空へと向かってゆく。

その前方に、多数の機影が見える。

敵の直衛機が待ち構えていたのだ。

「機種はグラマンか？　P40か？」

刈谷は目を凝らしながら呟いた。

どちらであっても、八空にとっては強敵だ。

重爆撃機相手には無類の強さを発揮する天弓だが、単発の戦闘機には分が悪い。現に四月二五日、硫黄島が空襲を受けたとき、第一一航空隊の天弓が多数、F4Fに墜とされている。

「敵機はP40！」

の叫びが、レシーバーに響いた。

左前方で、空中戦が始まった。

P40は猪を思わせる勢いで、真一文字に突進する。

零戦は右、あるいは左の急旋回をかけ、P40の突っ込みをかわす。P40の側方、あるいは背後に回り込み、両翼に二〇ミリ弾発射の閃光を走らせる。

瞬く間に三機のP40が二〇ミリ弾に貫かれ、黒煙を引きずりながら墜落し始めた。

一機は左主翼を付け根付近から叩き折られ、錐揉み状に回転しながら墜落する。

一機は燃料タンクに被弾したのか、機首付近から火焔を噴出し、飛行機の形をした炎の塊と変わる。

一機は胴体の横合いから二〇ミリ弾を喰らい、ジュラルミンの破片を撒き散らしながら姿を消す。

零戦に格闘戦を挑むP40もある。

機体を垂直に近い角度まで倒して急旋回をかけ、零戦の背後に回り込もうと試みるが、零戦はP40より小さな旋回半径を描き、内側へ内側へと回り込む。

虎や豹が獲物の喉笛に食らいつき、仕留めるように、至近距離から二〇ミリ弾を発射する。

エンジンに被弾したP40は一撃で火を噴き、コクピットを破壊されたP40は、機体の原形を留めたまま墜落する。

かなわぬと見て、垂直降下に転じるP40もある。

機体を横転させ、空中を滑り降りるようにして、零戦の銃撃をかわす。

全般的には、零戦が優勢だ。

天弓隊に向かって来るP40はない。敵機は零戦との戦闘に拘束され、天弓を攻撃する余裕はないようだ。

早乙女機は、グアム島の西岸に沿って八空を誘導している。

攻撃目標は、オロテ半島の敵飛行場だ。

二三航戦司令部が分析したところでは、同飛行場は戦闘機用に整備された可能性が高いという。

　戦闘機用の飛行場を叩くことで、以後の戦いを有利に進めようということだろう。

　乱戦の巷から抜け出したのか、一〇機前後の零戦が八空に追いつき、前上方に展開した。

　天弓と付かず離れずの位置を保ち、敵機に備えるつもりだ。

　槍の穂先のような形状の半島が見えて来た。

　早乙女機に代わり、第一小隊の二番機が、八空の先頭に立った。

　嚮導機を務める平尾啓治飛行兵曹長の機体だ。

　四月二五日のサイパン沖海戦まで、八空の嚮導機は真島文彦飛行兵曹長と小滝雷太一等飛行兵曹のペアが務めていたが、同海戦で二人が戦死したため、第二中隊の二番機を務めていた平尾飛曹長と大貫哲平一等飛行兵曹のペアが新たな嚮導機を務めている。

「爆撃目標、左一〇度の敵飛行場。全軍、突撃せよ！」

　早乙女が全機に下令した。

　平尾機が速力を上げ、後続機も続いた。

　八空に向かって来るＰ40はない。

　警戒すべきは対空砲火だけかと思ったが――。

「グラマン、右上方！」

　誰かの声が、レシーバーに響いた。

　刈谷が身体をこわばらせたとき、前上方に展開する零戦が動いた。

　次々と右旋回をかけ、敵機――グラマンＦ４Ｆ〝ワイルドキャット〟に機首を向ける。エンジン・スロットルを開き、上昇しつつ突っ込んでゆく。

　Ｆ４Ｆは、上昇する零戦の真上から押し被さるように突進する。

　Ｆ４Ｆの両翼に発射炎が閃くが、火箭に捉えられる零戦はない。

　敵弾が殺到して来る前に、右あるいは左に旋回し、一二・七ミリ弾の火箭に空を切らせる。

　米戦闘機が装備する一二・七ミリ機銃の間合いを

見切っているような動きだ。

先にＰ40に対して行ったように、Ｆ４Ｆの側方、あるいは後方に回り込む。

Ｆ４Ｆは、零戦との格闘戦に入らなかった。

猛々しい爆音を轟かせ、天弓隊に突っ込んで来た。

先頭の平尾機、後続する早乙女機が、機体を左右に振る。

Ｆ４Ｆの射弾は、直前まで天弓がいた空間を貫き、下方へと消える。

平尾機、早乙女機の後席から、七・七ミリ旋回機銃が発射されるが、細い火箭がＦ４Ｆを捉えることはない。一連射を放ったＦ４Ｆは、速力を緩めることなく、下方へと離脱する。

新たなＦ４Ｆが、西隆一郎大尉の第二小隊、刈谷の第三小隊に突っ込んで来る。

胴体が太く、零戦に比べれば鈍重に見える機体だが、速度性能は高い。「山猫」の機名通り、野生の獰猛な猫が飛びかかって来るようだ。

二小隊の三機が機体を振り、刈谷もそれに倣った。舵輪を左に、右にと回し、敵機の照準を外そうと試みた。

猛速で突っ込んで来たＦ４Ｆが、次々と両翼に発射炎を閃かせる。青白い無数の曳痕が、天弓に殺到する。

二小隊三番機が敵弾に捉えられ、右の一番エンジンから火を噴いた。三番機はみるみる高度を落とし、刈谷の視界から消えた。

刈谷機にも、一機が向かって来る。右前上方から、袈裟懸けにするような格好で突っ込んで来る。

刈谷が舵輪を右に回した直後、Ｆ４Ｆの両翼に発射炎が閃いた。青白い火箭は左主翼をかすめ、後方へと消えた。

Ｆ４Ｆは速力を落とすことなく、後ろ下方へと離脱する。

後席の佐久間が旋回機銃を発射したのだろう、伝声管から七・七ミリ機銃の連射音が伝わる。

「小隊長、隊列乱れます！」

佐久間が報告を上げた。

緊密な編隊形を組んでいた八空だが、Ｆ４Ｆの攻撃に対する回避運動のため、定位置を保てなくなった機体が多数に上っているのだ。

「一斉の投弾は無理か」

刈谷は呟いた。

水平爆撃では、嚮導機に合わせて全機が一斉に投弾するが、現在の状況では難しい。Ｆ４Ｆの攻撃をかわすだけで精一杯だ。

「二、三番機はどうだ？」

「本機との距離がやや開いています」

刈谷の問いに、佐久間は返答した。

「刈谷一番より二、三番。一番との距離を詰めろ」

「刈谷二番、了解！」

「刈谷三番、了解！」

刈谷の命令を受け、二番機の清水和則二等飛行兵曹、三番機の池田勝二等飛行兵曹が返答した。

この四月まで、刈谷の二番機は三谷勝一等飛行兵曹と小岩哲夫三等飛行兵曹のペアが務めていたが、二人はＢ17の邀撃戦で戦死したため、それまで三番機を務めていた清水と大島哲雄一等飛行兵のペアが二番機に異動し、新たに配属された池田と兼城正一等飛行兵のペアが三番機に入ったのだ。

二、三番機が接近するより早く、新たなＦ４Ｆが二機、左上方より仕掛けて来る。

刈谷は罵声を吐きつつ、舵輪を左に回すと共に、機首を僅かに押し下げる。

Ｆ４Ｆ一番機の両翼に発射炎が閃き、青白い火箭がほとばしるが、敵弾は刈谷機の頭上を通過する。

Ｆ４Ｆは、たった今自身が放った射弾を追いかけるように、刈谷機の頭上を通過する。

Ｆ４Ｆ二番機が、続けて突っ込んで来る。

太い機首がみるみる拡大し、搭乗員の顔までがはっきり見える。

やられる――刈谷がそう直感したとき、Ｆ４Ｆの真横から、真っ赤な火箭が突き込まれた。

敵機の左主翼の付け根付近から、黒い塵のようなものが飛び散り、風防ガラスが割れ砕ける様がはっきり見えた。

たった今、Ｆ４Ｆを仕留めた零戦が、刈谷機の眼前を通過する。

Ｆ４Ｆの攻撃は、それで終わりだった。

代わって対空砲火が、八空を出迎えた。

前方の複数箇所に爆炎が湧き出し、黒煙が行く手を遮るように漂う。

第一、第二小隊は、敵弾を恐れる様子もなく、湧き立つ爆煙の中に突っ込んで行く。

「早乙女一番より全機へ。各小隊毎に投弾せよ！」

飛行隊長の命令がレシーバーに入った。

隊列が大幅に乱れた現在、嚮導機に従っての投弾は望めないと、早乙女は判断したのだ。

「刈谷二、三番。俺に続け！」

刈谷は、清水二飛曹と池田二飛曹に命じた。

「ちょい右」

後席の佐久間が、指示を送って来る。

水平爆撃の際には、偵察員が事実上の機長となる。

「ちょい右。宜候」

佐久間の指示に従い、刈谷は舵輪を僅かに右に回す。

「もうちょい右」

「もうちょい右。宜候」

「そのまま直進！」

「このまま直進。宜候！」

僅かずつ針路を修正し、舵輪を中央で固定する。

このときには、刈谷機の周囲でも敵弾の炸裂が始まっている。

正面に、右に、左に、次々と爆発光が閃き、機体が爆風に揺さぶられる。

破片が命中したのか、時折打撃音と衝撃が伝わる。

幸い、外鈑が貫かれることはない。英国で設計された戦闘攻撃機の胴体は、二人の搭乗員をしっかりと守っている。

「用意、てっ！」

佐久間の叫びが伝わった。

同時に、機体が僅かに上昇した。

二五番二発、合計五〇〇キロの重量物を投下した反動で、機体が飛び上がったのだ。

「二、三番、投下を確認！」

「よし、離脱する！」

佐久間の報告を受け、刈谷は舵輪を右に回した。

地上では、次々と爆発が起きている。

滑走路や付帯設備を見事直撃する爆弾もあるが、目標から大きく外れる爆弾の方が多いようだ。

「まずいな、こいつは。軍艦なら、せいぜい小破ってところだ」

刈谷は舌打ちした。

敵戦闘機の迎撃を受け、嚮導機に従っての投弾ができなかったことに加え、激しい対空砲火が、各機の照準を狂わせたのだ。

「刈谷一番より二、三番。無事か？」

「刈谷二番、無事です！」

「刈谷三番、無事です！」

刈谷の問いに、清水と池田が応答を返した。

「サイパンに帰投する。敵機の追撃に注意しろ」

刈谷は指示を送り、機首を北北東――サイパン島がある方角に向けた。

結果がどうであれ、攻撃は終わったのだ。

後は、三機の天弓と五名の部下を、サイパン島まで連れ帰るだけだ。

3

五月一〇日午後、小型空母「春日丸」は、格納甲板に二七機の零戦を搭載し、マリアナ諸島アグリハン島の西方海上を、サイパン島に向かっていた。

去る四月二五日、硫黄島の千鳥飛行場、元山飛行場が敵機動部隊の攻撃を受けて以来、日本本土からマリアナへの航空部隊の増援は困難になっている。

航続距離の長い一式陸攻や九七式大艇は、内地から直接サイパン、テニアンに飛べるが、零戦や天弓は硫黄島での燃料補給が不可欠なのだ。

硫黄島の飛行場が再建されるまで、零戦、天弓のマリアナへの輸送には、空母が必要となる。

「春日丸」は、日本郵船の豪華客船を小型空母に改装したもので、常用二三機、補用四機の航空機運用能力を持つ。

最高速度が二一ノットと遅く、防御力も弱いため、第一線で使用できる艦ではないが、航空機の輸送や輸送船団の護衛任務には適している。

この時点では、まだ帝国海軍の軍艦籍を持たないため、客船時代の名がそのまま使用されているが、帝国海軍に制式に編入された暁には「大鷹」の艦名が冠されることが、既に内定していた。

「春日丸」は、第八艦隊の隷下にある第二二駆逐隊の「文月」「長月」に護衛され、亜熱帯圏の強い日差しを飛行甲板に受けながら、一八ノットの速力で南下している。

艦長高次貫一大佐は、一時間から二時間に一度の割で、「針路一六〇度」「針路二一〇度」と命じている。

マリアナ諸島の島が、肉眼ではっきり見えるほど近づくこともあれば、遠く離れることもある。

敵潜水艦の襲撃を警戒しているのだ。

この日の午前、「春日丸」の通信室が、敵味方不明の通信波を二回受信している。

うち一回は出力が大きく、近距離から打電されたものと推測された。

「本艦は、敵潜水艦に狙われている」

高次はこのように判断し、敵の雷撃を回避すべく、不規則に変針を繰り返していたのだ。

午後に入ってからは、通信波は傍受されていない。

航海長の八島万次郎中佐は、

「潜水艦の最高速度は二〇ノット程度です。振り切ったのでは？」

と楽観していたが、高次は安心せず、回避運動を続けていた。

一四時二六分、

「通信より艦長。敵味方不明の電波を傍受。出力大。発信位置は本艦至近と推測されます」

通信長戸倉重吉少佐が報告を上げた。

「針路一二〇度。宜候！」

高次の命令を八島が復唱し、操舵室に指示を送る。前方に展開する二隻の駆逐艦にも「針路一二〇度」と、信号が送られる。

「春日丸」はしばらく直進を続けた後、艦首を大きく左に振る。

「春日丸」の艦橋は飛行甲板の前縁直下に設けられているため、視界はあまりよくない。

それでも、二隻の護衛駆逐艦が一足早く変針する様子や、前方に広がる海原が右に流れる様がはっきり見える。

「針路一八〇度！」

数分間直進を続けたところで、高次は下令した。

八島が復唱し、操舵室に「面舵一杯。針路一八〇度」と伝える。

東南東に向かっていた「春日丸」が、真南に変針する。西に傾いた太陽を、右上空に見上げる格好だ。

ぎらつく陽光を浴びながら、「春日丸」は南へ南へと向かってゆく。

一〇分ばかりが経過したところで、高次は、

「針路二一〇度！」

を命じる。

「春日丸」は再び艦首を右に振る。

敵の位置も分からぬまま変針すれば、敵潜の射線上に飛び込んでしまうのではないか、との危惧もあるが、艦長としては、自身の勘と「春日丸」の武運を信じる以外にない。

（本艦は、まだ軍籍を得ていない。帝国海軍軍艦となる前に、沈めるわけにはいかん）

そんなことを考えながら、高次は指揮を執り続けていた。

今一度、「針路一五〇度！」を命じた直後、唐突にそれは起こった。

「右六〇度、雷跡四！」

艦橋見張員が、切迫した声で報告を上げたのだ。

「航海、先の命令取り消し。取舵一杯。針路二七〇度！」

「取舵一杯。針路二七〇度。宜候！」

八島も慌ただしく命令を復唱し、操舵室に「取舵一杯。針路二七〇度！」を下令する。

「春日丸」は、すぐには艦首を振らない。

小型空母とはいえ、基準排水量は「飛龍」や「雲龍」に匹敵するのだ。舵の利きは、どうしても鈍くなる。

四条の雷跡は、急速に迫る。

飛行甲板直下の艦橋からも、雷跡がはっきり見え始める。

舵がようやく利き始め、「春日丸」が艦首を右に振り始めたとき、雷跡が艦橋の死角に消えた。

直後、凄まじい衝撃が艦首を突き上げ、高次以下の全員がその場に叩き伏せられた。

衝撃は、一度だけでは終わらない。二度、三度と連続する。

その度に、「春日丸」の巨体は上下に激しく揺さぶられ、艦首が浮き沈みを繰り返す。

衝撃がようやく収まったとき、

「艦長より機関長。両舷停止！」

高次は、機関長篠崎三郎中佐に命じた。

「春日丸」は、右舷艦首付近に三本を被雷している。航進を続ければ、浸水が拡大し、瞬く間に沈没してしまう。

「春日丸」が、ゆっくりとその場に停止した。

艦首が大きく沈み込んでおり、艦橋からは海面が間近に見える。今にも、海水が艦橋になだれ込んで来そうだ。

「副長より艦長。艦首水線下に被雷。浸水はバラスト・タンク付近まで及び、なお拡大中。隔壁の補強、間に合いません!」

「……止むを得ぬな」

応急指揮官を務める副長岩田久幸中佐の報告を受け、高次は絞り出すように呟いた。

「春日丸」は、もはや救えない。悪あがきをすれば、乗員の犠牲を増やすだけだ。

艦と二七機の零戦を無為に失うのは悔しいが、ここは乗員の生命を優先すべきだ。

「艦長より達する。総員、飛行甲板!」

高次は、高声令達器を通じて全乗員に命じた。

「繰り返す。総員、飛行甲板。総員、本艦より退去せよ。急げ!」

4

「敵の狙いはマリアナ諸島の完全制圧。グアム島はその足場となる。私は、そのように断定します」

連合艦隊首席参謀黒島亀人大佐は、旗艦「香椎」の長官公室に参集した幕僚たちの前できっぱりと言い切った。

「首席参謀の主張には賛成だが、どうも信じ難い話だ」

参謀長の大西滝治郎少将が首を捻った。

「グアムには、サイパンの第八艦隊が定期的に航空偵察を実施していたはずだ。この状況で、どうやって米軍はグアムの飛行場を再建した?」

「飛行場の設営作業を、夜間に限定したのではないでしょうか? 夜間であれば、地上の動きまではっきり分かりませんから」

戦務参謀渡辺安次中佐の意見を受け、大西は言った。

「偵察写真を入念に調べれば、敵飛行場の変化を見極められるはずだ。八艦隊に、それができなかったとは考えられぬ」

「土木機材を大量に投入し、短時間で作業を完了させたのかもしれません。米軍は機械化が進んでおり、基地設営の能力は、我が軍を遥かに上回っております」

航空参謀榊久平中佐の意見に、大西は反論した。

「土木機材を、どうやってグアムに運び込む？　潜水艦や飛行艇で運べる代物ではないぞ」

「確証があっての発言ではありませんが、去る四月二五日のサイパン沖海戦のときではないでしょうか？　同海戦時、我が方の目は、サイパン島の北方海上における夜戦に引きつけられていました。第三、第四両艦隊だけではなく、サイパンの八艦隊も、三艦隊の支援に集中していたのです。その隙に、グアムに土木機材を搬入したのでは？」

榊に続けて、作戦参謀三和義勇中佐が発言した。

「米軍の目的は、最初からグアムにあったのかもしれません。巡洋戦艦四隻で三艦隊を襲撃し、我が軍の目を引きつけている間に、グアムに機材を輸送したとも考えられます」

「巡戦四隻による三艦隊への攻撃は、陽動だったと言うのか？」

「あくまで推測ですが」

「飛行場のために、レキシントン級を犠牲にするだろうか？」

「米軍にしてみれば、レキシントン級を犠牲にするつもりはなかったでしょう。砲戦で、三艦隊に敗れるとは考えていなかったでしょうから。グアムへの機材搬入と三艦隊の撃滅の両方を達成できると、彼らは見通していたのではないでしょうか？」

「サイパン沖海戦の結果は、計算違いだったということか」

「はい」

「しかし、グアムへの機材搬入には成功した。結果、グアムの米軍飛行場は再建され、我が軍を脅かすことになった、か……」

大西は、しばし腕組みをして沈黙した。

サイパン沖海戦は、日本軍の大勝と認定され、大本営も「サイパンに来寇せる敵を撃退」「敵巡洋戦艦三隻を一挙に屠る」と、景気のいい発表を行っている。

彼我の損失だけを比較すれば、日本軍の勝利は疑いないが、戦略的に見れば勝利とは呼べないのではないか、と言いたげだった。

「米軍が、どうやってグアムに機材を搬入したのか、などというのは二義的な問題だ。最優先すべきは、グアムに敵の航空基地が出現したという事実だ」

黙って聞いていた司令長官山本五十六大将が、重々しい声で言った。大局を見失うな、と言いたげだった。

「まず、現状を整理したい。グアムの敵情については、八艦隊から報告が届いていると思うが」

「八艦隊からは、航空偵察写真が届いております。五月七日に、陸軍から借り受けた一〇〇式司偵がグアム上空に飛び、撮したものです」

山本の言葉を受け、榊が四枚の偵察写真を机上に置いた。

グアム島西岸のアガニア湾付近にある飛行場と、オロテ半島の飛行場を撮したものが二枚ずつだ。便宜上、前者に「甲」、後者に「乙」の仮称を定めている。

「偵察写真を解析した結果、『甲』は規模が大きく、爆撃機の運用も可能と考えられます。一方の『乙』は、規模が比較的小さく、戦闘機専用の飛行場であると推測されます」

榊は、四枚の写真を交互に指示棒で指しながら説明した。

「拡大写真は駐機場の機体を捉えているようだが、機種は分かるか？」

大西の問いに、榊は即答した。

「『甲』にいる機体はP40です。フィリピンでも我が軍と戦った、米陸軍の主力戦闘機です。『乙』にある機体はグラマンF4Fと認められます」

「海軍機と陸軍機が、両方進出しているのか？」

意外そうな口調で聞いた大西に、榊は答えた。

「五月八日、グアムを攻撃した二三航戦の攻撃隊は、P40とF4F両方の迎撃を受けています。これは推測ですが、P40は爆撃機の護衛を主任務としているのかもしれません。これまでB17による爆撃は、戦闘機の随伴がなく、我が軍は多数のB17を墜として来ました。ですが、グアムに戦闘機隊が進出したとなりますと、B17には護衛が付くことになり、我が方の迎撃は困難さを増します」

「B17の護衛には、海軍機よりも気心の知れた陸軍機の方が望ましい、か」

大西は、納得したような口調で言った。

「米軍は、B17をグアムまで進出させるつもりでしょうか？」

黒島の問いに、榊が答えた。

「現時点で、はっきりしたことは申し上げられませんが、B17はこれまで同様、トラックを拠点とした長距離爆撃に使用し、グアムにはより航続距離の短い双発爆撃機を進出させる可能性が高いと推測します」

航空本部が入手した情報によれば、米軍はノースアメリカンB25〝ミッチェル〟、ダグラスA20〝ハボック〟等、幾つかの双発中型爆撃機を実用化している。

一式陸攻や天弓に比べ、航続距離は短いが、爆弾の搭載量は多い。

これらが多数、グアムに展開する可能性が考えられる、と榊は言った。

「B17をグアムに展開させた場合、我が軍にとっては格好の攻撃目標となります。B17は米国にとっても高価な機体であり、地上で撃破されれば、大きな損失になります。そのような機体をグアムに進出させるとは考え難いのです」

「B17であれ、他の機種であれ、爆撃機に進出して来られれば厄介なことになる。敵の爆撃機が、護衛戦闘機を伴って来襲すれば、邀撃はこれまで以上に難しくなり、飛行場が蹂躙される危険が増大する」

　大西が憂悶の表情を浮かべ、机上に広げられたマリアナ諸島の要域図と偵察写真を交互に見た。

「零戦はこれまでの戦いで、敵戦闘機を圧倒し得ることが実証されています。むざむざ敵に投弾を許すことはないと考えますが……」

　黒島の言葉を受け、大西は要域図の一点――硫黄島を指した。

「その零戦を増援できないのが問題なのだ。二二航戦、二三航戦の零戦も踏ん張ってはいるが、増援がなければ戦力はじり貧になる」

　五月一一日現在、硫黄島の飛行場は内地とサイパンを結ぶ中継点の役割を果たせていない。

　連合艦隊では、竣工して間もない特設空母の「春日丸」に零戦を搭載し、サイパンに向かわせたが、同艦は途中、敵潜水艦の雷撃を受け、二七機の零戦もろとも海没した。

「大鷹」の名を冠されることが決まっていた小型空母は、その艦名を名乗ることも、帝国海軍軍籍を得ることもなく、沈んでいったのだ。

　幸い、搭乗員は全員が駆逐艦に救助されたが、二七機もの零戦を母艦ごと失ったのは痛い。

「もう一つ、我が軍には大きな弱点があります」

　榊が、大西に続けて発言した。

「設営部隊の能力が、米軍に比べ、著しく劣ることです。我が軍の飛行場設営作業は、大勢の労務者による人力を頼りにしているため、ひとたび飛行場が大きな損害を受ければ、復旧にかなりの時間を要します。この回復力の差が、我が方に致命的な事態をもたらす恐れがあります」

「耳の痛い話だが、航空参謀の言う通りだ」

山本が苦笑した。

「設営部隊の機械化が遅れていることは、事実だからな。今回、米軍がグアムでやったような芸当は、我が軍の設営部隊にはとてもできない。遺憾ながら、設営部隊の能力向上を遅らせたことは、私にも責任の一端がある。私は海軍航空の充実に力を入れて来たが、戦闘機、爆撃機といった航空機材や空母にばかり目を奪われ、設営部隊のような縁の下の力持ちには、ろくに目もくれなかったのだからな。この点については、私自身も含め、海軍が採ってきた航空行政の失敗だと認めざるを得まい」

（戦争とは、膿を出す行為でもある）

山本の言葉を聞きながら、榊は思っている。

平時には問題ともされなかった軍組織の欠陥が、敵を前にして露呈するのだ。

「海軍行政の失敗について改めるのは、別の機会にするべきです。まず、目の前の危機を打開しなければなりません」

大西の言葉に、山本は「うむ」と頷いた。

「グアムの敵飛行場は、『甲』『乙』共に使用可能ですが、現時点で配備されているのは戦闘機だけです。爆撃機が配備される前に叩くべきと考えます」

三和の具申に、大西は難しい表情を浮かべた。

「マリアナの航空兵力だけでは、グアムの敵飛行場を叩くには力不足だ。五月八日に実施された攻撃の結果が、それを物語っている」

榊が具申した。

「機動部隊を投入してはいかがでしょうか？」

小沢治三郎中将の第四艦隊は、硫黄島沖海戦で消耗した航空兵力の補充に当たっており、すぐには前線に出せないが、南雲忠一中将の第三艦隊は出撃可能だ。

同艦隊は、サイパン沖海戦で小型空母「龍驤」と軽巡洋艦「長良」を失ったが、戦力の中核となる第一、第二航空戦隊の正規空母四隻と艦上機は健在だ。

その三艦隊の艦上機でグアムを攻撃してはどうか、というのが、榊の意見だった。

「機動部隊を基地攻撃に使うのか」

大西が難色を示した。

敵基地はあくまで基地航空隊に委ね、機動部隊は米太平洋艦隊主力との決戦兵力として温存したい、と考えているようだ。

「機動部隊と陸上基地では、機動部隊が不利だ。相手は沈むことはないが、空母は沈没することもあるのだからな。グアム攻撃で空母を危険にさらすのは、得策ではない」

黒島も大西に同調した。

「機動部隊が、必ずしも陸上基地に対して不利とは限りません。グアムの敵航空兵力が強大化する前なら、三艦隊の航空兵力で一掃できるはずです。航空兵力だけで不充分なら、戦艦の艦砲で敵飛行場を叩く手もあります」

榊は、強い語調で言った。

主張の裏には焦慮がある。

ここで議論している間にも、グアムには敵の増援が送り込まれているかもしれないのだ。

「脅威は、芽のうちに摘んでおこう」

山本の一言が、議論に決着をつけた。

「グアムを放置しておけば、マリアナ全島の喪失に繋がり、マリアナの喪失は亡国に繋がる。それを防ぐには、今のうちにグアムの敵基地を叩き潰し、一挙にグアムを占領することだ。航空参謀の意見を容れ、機動部隊を投入しよう」

第二章　グアム強襲

1

五月一七日六時一五分（現地時間七時一五分）、第三艦隊より出撃した第一次攻撃隊は、北西の方角より、グアム島に向かっていた。

第一航空戦隊の「土佐」「加賀」より零戦三六機、九九式艦上爆撃機三六機。第二航空戦隊の「蒼龍」「飛龍」より零戦一八機、九七式艦上攻撃機三六機。合計一二六機だ。

第三艦隊には、サイパン沖海戦で小型空母「龍驤」を失った後、商船改装の中型空母「隼鷹」が加わっている。

同艦は直衛専任艦として位置付けられているため、搭載機は第三艦隊の上空や周辺海面で、戦闘空中哨戒や対潜哨戒に従事していた。

攻撃隊は夜が明ける直前、四時五〇分（現地時間五時五〇分）より発進を開始したため、太陽はまだ低い。

左前方から射し込む陽光が眩しいため、搭乗員は色つきの飛行眼鏡をかけていた。

「現在位置、グアムよりの方位三一五度、三〇浬」

空母「土佐」の艦爆隊で第二中隊長を務める今泉清孝大尉に、偵察員を務める錦田啓介一等飛行兵曹が報告した。

攻撃目標のグアム島は、マリアナ諸島最大の島だと聞かされていたが、まだ視界に入って来ない。

前方に見えるものは、どこに果てがあるとも知れぬ大海原だけだ。

目印などはどこにもないが、攻撃隊総指揮官を務める「飛龍」飛行隊長兼艦攻隊隊長楠美正少佐は、迷う様子もなく、麾下一二五機の艦戦、艦爆、艦攻を誘導している。

「敵の電探は、とっくにこっちを捉えているだろうな」

今泉は、前を行く第一中隊に追随しながら呟いた。

電探の有用性には、日本海軍も早くから着目しており、昨年より主だった艦への装備が始まっている。今泉の母艦「土佐」も、開戦直前に電探が取り付けられ、運用が始まった。

ただ、国産の電探は満足できる性能のものがなかなか作れないため、英国からの輸入に頼っているのが実情だ。

一方の米国は、一昨年頃から、戦艦、空母といった主力艦のみならず、駆逐艦にまで性能のいい電探を装備している。

悔しい話だが、電波の利用技術でも、電探、通信機といった電波兵器の量産技術でも、米国は日本の先を行っているのが実情だ。

戦爆雷合計一二六機の接近は、とうに探知されていると見ていい。

今頃は、「甲」「乙」の両飛行場から、迎撃戦闘機が発進している頃かもしれない。

「最低でも、全体の八割を目標に取り付かせたい。全員が、その八割に入るつもりでいろ」

「土佐」艦爆隊隊長の千早猛彦大尉は、出撃直前の打ち合わせで、全員に訓示している。

第二中隊の全機を、その八割の中に入れて見せる
——そう考えつつ、今泉は進撃を続けていた。

錦田が「目標までの距離、二〇浬」と報告したところで、前方に島影が見え始めた。

マリアナ諸島最大の島、グアム島だ。

「戦艦か空母をやりたかったですね。陸上基地なんかじゃなく」

「同感だな」

錦田の言葉に、今泉は答えた。

四月二五日のサイパン沖海戦の際、乗艦の「土佐」は姉妹艦「加賀」、小型空母「龍驤」と共に、レキシントン級巡洋戦艦に追い回され、四〇センチ砲弾を繰り返し打ち込まれた。

直撃弾は一発もなかったものの、至近弾落下の衝撃は、何度となく艦を震わせた。

不意を突かれたことと、夜間だったこともあって、艦上機を発進させることは全くできず、搭乗員は砲撃の間、整備員や兵器員共々、格納甲板で身を潜める以外になかったのだ。

練達の母艦搭乗員といえども、あの状況では、どうすることもできない。

敵戦闘機と渡り合ったり、弾幕射撃を衝いて敵の戦艦や空母に突入したりする勇気を持つ艦爆乗りや艦攻乗りも、戦艦の主砲に撃たれる恐怖は耐え難い。

今にも敵弾が飛行甲板を貫通し、格納甲板に突入して来るのではないか――その不安に、誰もがおののいていた。

幸い、戦艦「赤城」を始めとする第四艦隊の救援が間に合い、「土佐」が砲撃で沈められることはなかったが、戦闘が終わるまで、生きた心地がしなかったものだ。

できることなら、あのときのお返しをしたい。

敵の空母や戦艦に、自らの手で二五番をぶち込んでやりたい。

だが今回の目標は、グアムの敵飛行場だ。

命令に不満を言うつもりはないが、物足りなさを感じないではいられなかった。

「生きて帰ろうぜ、錦田。サイパン沖のお返しをするまでは、どんなことをしても生き延びるんだ」

「合点です！」

今泉の言葉に、錦田は陽気な声で返答した。

前方では、総指揮官機が針路を東寄りに修正している。

各中隊も、それに倣う。

攻撃目標は「甲」。

グアムに発見された二箇所の敵飛行場のうち、規模が大きい方だ。

オロテ半島にある「乙」は、第二次攻撃隊が叩くことになっていた。

攻撃隊は、なおもグアムに接近する。

島影が拡大し、南北に長い陸地の姿を整える。

目標があるのは、島の西岸近くだ。

楠美は、目標への最短距離を通るよう、攻撃隊を誘導している。

「土佐」艦爆隊の先頭を行く千早機の後席から、後続機に信号が送られた。

「敵機ニ厳重注意」と伝えている。

いつ、どこから敵機が仕掛けて来てもおかしくない。敵機に早く気づくほど、生き延びられる機会は増えるのだ。

ルソン沖、パラオ沖と、実戦をくぐり抜けて来た搭乗員は、皆そのことを承知していた。

攻撃隊を先導する楠美機が、海岸線に接近する。

今のところ、敵戦闘機の迎撃はない。

「楠美一番より全機へ。無線封止解除。目標発見。突撃隊形作れ」

レシーバーに、楠美の声が響いた。

前方では、千早が直率（じきそつ）する第一中隊九機が、斜め単横陣（たんおうじん）を組み始めている。

今泉機の後席では、錦田が後続機に合図を送っている。

指揮下にある八機の九九艦爆が、今泉機の左後方に従い、斜め単横陣を形成する。

「左上空、敵機！」

各隊が陣形を組み上げるよりも早く、緊張した叫び声がレシーバーに飛び込んだ。

「蒼龍」艦戦隊の隊長菅波政治（すがなみせいじ）大尉の声だった。

「蒼龍」の零戦が真っ先（まっさき）に動き、「飛龍」の艦戦隊が続く。艦攻隊の近くに六機だけを残し、一二機が敵戦闘機に向かっている。

「敵機はＰ40！」

菅波が、新たな報告を上げた。

米陸軍の主力戦闘機だ。「甲」から上がって来たものだろう。

「土佐」「加賀」の艦戦隊も、半数が左旋回をかけ、Ｐ40に向かってゆく。残る半数は、艦爆隊の近くに留まっている。

「今泉一番より二中隊。間隔を詰めろ」

今泉は、麾下の八機に命じた。

艦爆隊は、攻撃に備えて斜め単横陣を組んでいる。敵戦闘機の攻撃には弱い陣形だが、機体同士の間隔を詰め、極力相互支援を行うのだ。

「二、三番機、近づきます。二小隊、続けて間隔を詰めます」

錦田が、僚機の動きを報告する。

前を行く第一中隊の九機も、「加賀」隊の一八機も、機体同士の間隔を詰めている。

左前方で、空中戦が始まった。

米軍機に特有のごつごつしたシルエットを持つ戦闘機と、見るからにスマートな零戦が高く、低く飛び交う。

Ｐ40の突っ込みを急旋回でかわした零戦が、側方、あるいは後方から食らいつき、両翼の二〇ミリ機銃を発射する。

直径二〇ミリの大口径弾を撃ち込まれたＰ40は、一撃で主翼を叩き折られ、あるいはエンジンに直撃弾を受けて火を噴く。

零戦に負けじと急旋回をかけ、格闘戦に持ち込もうとするＰ40もあるが、零戦の背後を取るのは容易ではない。零戦はほとんど垂直に近い角度まで機体を倒し、Ｐ40の内側へと潜り込む。

小兵の剣士が、大上段で面を狙って来る相手の内懐に飛び込み、胴を狙うような動きだ。

剣道の試合なら一本取られて終わりだが、零戦が放つ二〇ミリ弾の刃は、容赦なくＰ40の胴体やエンジンを抉り、主翼を叩き切る。

胴体を引き裂かれたＰ40は、機体のコントロールを失って、よろめきながら高度を落とす。

主翼を切断されたＰ40は、糸を切られた凧のようにくるくると回転しながら姿を消す。

零戦の中にも、火を噴く機体が出る。

乱戦の中、迂闊にＰ40の前に飛び出した機体が、横合いから射弾を浴びて火を噴く。

一機のＰ40に食い下がる余り、後方の見張りが疎かになった機体が、背後から一二・七ミリ弾を撃ち込まれる。

主翼の中央に被弾した機体は、二〇ミリ弾倉の誘爆によって木っ端微塵に砕ける。主翼の付け根に被弾した機体は、翼内タンクの燃料に引火して火災を起こし、炎と黒煙を引きながら空中をのたうつ。

戦闘は零戦が押し気味に進めているが、数はＰ40の方が多いようだ。何機かが乱戦の中から抜け出し、艦爆、艦攻に向かって来る。

直掩隊の零戦が動く。

Ｐ40の右前方、あるいは左前方から二〇ミリ弾を叩き込み、一機また一機と火を噴かせる。

Ｐ40の何機かはかなわじと見てか、機体を横転させ、急降下に転じる。

零戦は、急降下に移ったＰ40を追跡しない。

零戦が急降下を苦手としていることもあろうが、敵機を追い払えば、目的は達成できると考えているのだろう。

「楠美一番より全機へ。全軍、突撃せよ！」

レシーバーに、総指揮官の命令が飛び込んだ。

「土佐」艦爆隊の先頭に位置する千早機が速力を上げ、第一中隊の八機も続いた。

「今泉一番より二中隊。続け！」

叩き付けるように下令すると、今泉はエンジン・スロットルを開いた。

九九艦爆が加速され、飛行場が近づいた。

攻撃は、艦爆、艦攻の順だ。

艦爆隊が先陣を切り、駐機場の機体や対空砲陣地、付帯設備を叩く。

敵飛行場の抵抗が弱まったところで、艦攻隊が水平爆撃をかけ、滑走路を破壊する。

新たな敵機が、艦爆隊の正面から向かって来た。

Ｐ40ではない。樽のように、太い胴を持つ機体だ。

「グラマンか！」

今泉は、敵機の名を口にした。

グラマンＦ４Ｆ〝ワイルドキャット〟。ルソン沖海戦を皮切りに、何度も母艦航空隊と干戈を交えた相手だ。零戦であればともかく、艦爆、艦攻にとっては天敵とも呼ぶべき強敵になる。

米海軍機が展開しているのは、「乙」――オロテ半島の航空基地のはずだが、応援に駆けつけたのだろう。

直掩の零戦が、Ｆ４Ｆの正面から突進する。

Ｆ４Ｆの両翼からほとばしる一二・七ミリ弾の火箭と、零戦が発射する二〇ミリ弾の太い火箭が空中で交錯する。

二〇ミリ弾を正面から受け、何機かのＦ４Ｆが火を噴くが、一〇機以上のＦ４Ｆが零戦をやり過ごし、艦爆隊に向かって来る。

Ｆ４Ｆの両翼に発射炎が閃いた、と見るや、第一中隊の九九艦爆二機が続けざまに被弾し、隊列から落伍した。

一中隊の各機は、機首二丁の七・七ミリ機銃で反撃する。針のように細い火箭がＦ４Ｆに殺到するが、敵機は機体を横転させ、急降下によって離脱する。

二中隊にも、Ｆ４Ｆが機首を向ける。

機数は四機。一個小隊だ。

「二中隊。来るぞ！」

今泉が警報を送ったときには、Ｆ４Ｆは二中隊との距離を詰めている。

発砲は、Ｆ４Ｆが先だ。両翼に発射炎が閃き、青白い火箭が殺到して来る。

今泉は操縦桿を右に、左にと倒す。一二・七ミリ弾の火箭がコクピットの脇を通過する。

間近に迫ったＦ４Ｆ目がけ、機首二丁の七・七ミリ機銃を発射する。

目の前に発射炎が躍り、二条の細い火箭が噴き延びる。

射弾はＦ４Ｆに吸い込まれたように見えたが、敵機がぐらつくことはない。太い機体が、自身の射弾を追うように、今泉機の右方を通過する。

後席から機銃の連射音が届く。

錦田がすれ違いざまに、七・七ミリ旋回機銃を放ったのだ。

銃撃の成果を確認するよりも早く、残る三機のＦ４Ｆが二中隊に突っ込んで来る。

一機は今泉機に、二機は後続機に突進する。

今泉は再び機体を左右に振り、Ｆ４Ｆの射弾をかわした。

一発が胴体を掠ったらしく、打撃音が響いたが、機体が火を噴くことはなかった。

離脱するＦ４Ｆに、錦田が銃撃を浴びせる。

後席から機銃の連射音が届き、胴体の右方に火箭が噴き延びる。

「坂口一番より今泉一番。元木機被弾！」

第二小隊長の坂口安男一等飛行兵曹が、味方の被害を報告する。

第二小隊の二番機、元木義雄二等飛行兵曹と田川俊平三等飛行兵曹のペアだ。二中隊は、投弾前に一機を失ったのだ。

Ｆ４Ｆの攻撃は、それで最後だった。

攻撃隊の前に、敵の飛行場が横たわっている。

地上に発射炎が閃き、前方で敵弾が炸裂するが、数はさほどでもない。まだ、充分な対空火器が配備されていないのかもしれない。

「土佐」艦爆隊の先陣を切って、千早機が機体を翻した。

一中隊一小隊の二、三番機が続き、同中隊の二小隊、三小隊も急降下に転じる。

今泉は地上を見渡し、駐機場の近くにある複数の建造物を見出した。

整備場か、燃料庫か、あるいは部品倉庫か。

いずれにしても、重要な施設に間違いない。

「二中隊目標。駐機場脇の付帯設備。続け！」

麾下の七機に叩き付けるように命じ、今泉は機首を押し下げた。

空が真上に吹っ飛び、飛行場が正面に来る。

照準器の白い環が捉えた地上の建造物が、みるみる膨れ上がる。

「二四（二四〇〇メートル）！　二二！　二〇！」

後席の錦田が、高度計の数字を読み上げる。

時折、右、あるいは左で敵弾が炸裂し、横殴りの爆風が機体を煽るが、今泉は操縦桿を操り、機体を投弾コースに戻す。

「一六！」の叫びが届いたとき、地上の複数箇所で爆炎が躍った。

一足先に降下した一中隊が投弾したのだ。

今泉は、目標から視線を外さない。

九九艦爆は、まっすぐ降下を続けている。

狙いを定めた建造物は、照準器の白い環の過半を占めている。

空母や戦艦より小さいが、静止目標だ。絶対当たる――そう思いながら、今泉は降下を続けた。

「用意――」

錦田が「一〇！」を報告すると同時に、今泉は投下レバーに手を掛けた。

「〇六（六〇〇メートル）！」の報告に合わせ、「てっ！」の叫び声を放ち、投下レバーを引いた。

足下から動作音が届き、機体が軽くなる。

二五番の投下を確認するや、今泉は操縦桿を目一杯手前に引きつけ、引き起こしにかかる。

下向きの遠心力が全身を締め上げ、しばし体重が何倍にも増えたように感じられる。

六〇度の降下角を取っていた機体が、じりじりと機首を上げ、水平飛行から上昇へと転じる。

強烈な遠心力から解放され、一息ついたとき、今泉の目に信じ難いものが飛び込んだ。

第一中隊の九九艦爆が、次々と火を噴いている。

低空には、何機ものＦ４Ｆが乱舞し、両翼から火箭を放っている。

「待ち伏せしてやがったか！」

今泉は罵声を放った。

艦爆の搭乗員は、引き起こし時にはほとんど身動きできなくなり、意識が遠のく。

第一中隊は、最も無防備になるときを狙われたのだ。

今泉機にも、F4F一機が向かって来る。ずんぐりした胴体は、死そのものの代名詞だ。

「やられるか！」

今泉は機首二丁の固定機銃を発射したが、ほとんど同時に、F4Fの両翼にも発射炎が閃いた。

サイパン沖のお返しができなくなった——今泉がそう思った直後、青白い火箭の奔流が風防ガラスを打ち砕いた。

第二次攻撃隊は、日本時間の七時三五分（現地時間八時三五分）に、グアム島を視認できる空域に到達した。

左前方に、空高く立ち上る黒煙が見えている。「甲」から上がる火災煙であろう。

攻撃隊の総指揮官を務める「加賀」飛行隊長兼艦攻隊隊長橋口喬少佐の九七艦攻は、火災煙よりも西寄りの方角に、攻撃隊を誘導している。

第一航空戦隊の僚艦「土佐」の艦攻隊も、第二航空戦隊の「蒼龍」「飛龍」より発艦した艦爆隊も、護衛の艦戦隊も、橋口機の誘導に従い、グアム島に接近してゆく。

「目標の変更はなさそうだな」

「土佐」艦攻隊の第一中隊第二小隊長木崎龍大尉は、橋口機の動きを見て呟いた。

出撃直前の打ち合わせで、「土佐」飛行長の増田正吾中佐は、

「第一次攻撃が失敗に終わった場合、第二次攻撃隊の目標を『甲』に変更することもあり得る」

と伝えていた。

橋口機に、「甲」を目指す動きはない。

第二次攻撃隊は当初の作戦計画に従い、「乙」——グアム島の西岸に突き出したオロテ半島にある

敵飛行場を叩くのだ。

「迎撃は熾烈でしょうね」

木崎機の偵察員を務める長瀬忠雄一等飛行兵曹が言った。

情報によれば、「乙」は米海軍航空隊の飛行場であり、F4Fが多数展開している。

その飛行場を正面から攻める以上、大規模な迎撃を覚悟しなければならない。

「一次の連中が、敵機を少しでも減らしてくれているといいがな」

木崎は応えた。

第一次攻撃隊が叩いたのは「甲」だが、「乙」からも多数のF4Fが応援に駆けつけたと予想される。

第一次攻撃に参加した一、二航戦の零戦五四機が、多数のF4Fを撃墜し、敵の戦力を削いでくれたと信じたいが――。

(行ってみなきゃ分からん)

木崎は、自身に言い聞かせた。

多数のF4Fが上がって来れば、緊密な編隊を組み、弾幕射撃で対抗するのみだ。鍛え上げた搭乗員の技量と艦攻乗りの団結で、自分たちを守るのだ。

接近するにつれ、グアムの地形がはっきりする。

島の南側は、山がちな地形だ。山地が背骨のように、島の中央部から南岸付近まで連なっている。

その西側に、海面に突き出している半島が見える。

「乙」がある、オロテ半島であろう。

「指揮官機より受信。『無線封止解除。突撃隊形作レ』」

電信員の米田正治二等飛行兵曹が報告した。

「土佐」の艦攻隊が、隊形を組み替えにかかる。

第一小隊の二番機を務める渡辺晃一等飛行兵曹の機体が前方に出て、嚮導機の位置に付く。

「土佐」艦攻隊の隊長村田重治少佐は、「雷撃の神様」の異名を取る航空雷撃の名手だが、今日の任務は敵飛行場に対する爆撃だ。

村田機は渡辺機の後ろに付き従っている。

木崎の第二小隊は、第一小隊の右後ろに付く。

「二、三番機、定位置に付きました」

「了解」

米田の報告を受け、木崎はごく短く返答した。

「土佐」の艦攻隊は、嚮導機を先頭に、水平爆撃の隊形を整えてゆく。

総指揮官機が直率する「加賀」の艦攻隊も同様だ。嚮導機を頂点にした、三角形の陣形を整える。

「蒼龍」「飛龍」の艦爆隊は、九機ずつの二個中隊に分かれ、それぞれが斜め単横陣を形成する。

艦攻隊、艦爆隊の上方に位置する零戦隊は、動く様子を見せない。

(敵機は出て来ないか？)

木崎は機体を操りながら、周囲の空を見渡した。

敵戦闘機が襲って来る様子はない。

戦闘機のみならず、対空砲火もない。

グアム島は、今しも攻撃を受けようとしていることなど知らぬげに静まりかえっている。

(反撃がなけりゃないで、好都合だが)

木崎は、視線を前方に戻した。

敵戦闘機の攻撃がなければ、胴体下に抱いて来た五〇番陸用爆弾を、敵飛行場の真上から叩き付けるまでだ。

炎と黒煙に包まれる敵飛行場の姿を、木崎は思い描いていたが——。

「戦闘機隊、反転します！」

「重永一番より全機へ。左後方に敵機！」

不意に、二つの報告が飛び込んだ。

前者は長瀬の叫び声、後者は隊列の後方に位置する重永春喜飛行兵曹長の声だった。

艦攻隊の頭上では、「土佐」艦戦隊の零戦が次々と機体を翻し、後方へと向かっている。

後ろを振り返った木崎の目に、「土佐」艦攻隊に追いすがろうとしている敵機が映った。

敵機は攻撃隊を一旦やり過ごし、後方から襲いかかって来たのだ。

「村田一番より『土佐』隊。間隔を詰めろ！」

「土佐」艦攻隊の一八機を束ねる村田重治少佐が、命令を送る。

艦攻同士の間隔を詰め、旋回機銃による相互支援を行い易くするのだ。

第一小隊の三機が距離を詰め、木崎も第一小隊に接近する。

後方の二、三番機も、木崎機との距離を詰めて来る。

隊列の後方では、空中戦が始まったようだ。

零戦と、ずんぐりした太い胴を持つ敵機が入り乱れ、赤や青の火箭が縦横に飛び交っている。

「田宮機、被弾！」

米田が悲痛な声で報告を上げた。

第二中隊第三小隊の三番機、搭乗員の間では「カモ番機」と呼ばれる位置にあった機体だ。

「村田一番より『土佐』隊、弾幕を張れ！」

無線電話機のレシーバーに、村田の命令が響く。

その間にも、「水島機、被弾！」と、米田が報告する。

今度は第二中隊第二小隊の三番機だ。機長と操縦員を兼ねる水島修二等飛行兵曹は、ルソン沖、パラオ沖の両海戦に参加したベテランだが、偵察員の高田尚文三等飛行兵曹、電信員の小高三郎一等飛行兵は今回が初陣だった。

「後方よりグラマン！」

米田が報告し、後席から機銃の連射音が届く。

米田だけではない。

二小隊二、三番機も、三小隊の三機も、米田と共に七・七ミリ旋回機銃を放っている。

不意に後方で爆発が起こり、風防ガラスの内側が、炎を反射して赤く染まった。

「敵一機撃墜！」

米田が弾んだ声で報告を送る。

七・七ミリ機銃は非力だが、数が揃えばかなりの破壊力を持つ。

六機の艦攻から射撃を集中されたF4Fが、空中分解を起こしたのかもしれない。

敵からの報復は、即座に返される。

「大島機、被弾！　八田機、被弾」

米田が、味方の被害を報告する。

三小隊の二、三番機――大島三男一等飛行兵曹と八田喜平二等飛行兵曹が機長を務める機体だ。

後方から食らいつかれた「土佐」の艦攻隊は、一機また一機と墜とされ、数を減らしてゆく。

「グラマン、来ます！　右後方！」

米田が切迫した声で叫んだ。

木崎は操縦桿を右に、左にと倒した。

一二・七ミリ弾が風防の近くを通過し、風防ガラスが振動したが、すれすれのところで直撃を免れた。

回避運動に伴い、第一小隊との間が開く。

F4Fが、木崎機の右脇を通過する。

九七艦攻の機首に、固定機銃はない。後ろから一撃を喰らわしたくても、歯嚙みをして見送るだけだ。

F4Fが、前を行く第一小隊に接近した。

「危ない！」

木崎は思わず叫んだ。

海軍の至宝とも呼ぶべき雷撃の名手である村田少佐や、水平爆撃の特技章を持つ渡辺一飛曹の機体が火を噴く光景が、脳裏に浮かんだ。

第一小隊とF4Fの間を遮るように、右斜め上方から射弾が走る。

F4Fは自ら射弾に突っ込む形になり、コクピットからきらきらと光る破片が飛び散る。

操縦員を射殺されたF4Fは、力尽きたように機首を下げ、真っ逆さまに墜ちてゆく。

たった今、F4Fを墜とした零戦が、艦攻隊の頭上で機体を翻し、新たな敵機に向かってゆく。

敵飛行場は、もう間近だ。

海に突き出しているオロテ半島が前下方に見え、半島を斜めに横断するように、二本の滑走路が伸びている。

ている。

木崎は、「土佐」艦攻隊を見渡した。

投弾前に四機が撃墜され、隊列を引っかき回されている。

第一中隊と第二中隊の距離は大きく開き、各小隊同士の間隔も開いている。

嚮導機に合わせての投弾は困難だ。

「土佐」隊だけではない。

総指揮官が直率する「加賀」の艦攻隊も、隊列が前後に大きく伸びている。

F4Fの攻撃を受け、回避運動を行った結果、隊列が大きく乱れたのだ。

この状態で投弾しても、どこまで有効弾を得られるか。

「大丈夫か？」

「艦爆隊、突入します！」

長瀬が叫んだ。

木崎は、左前方を見た。

二航戦の艦爆隊が、指揮官機を先頭に、次々と機体を翻している。

被撃墜機は、艦攻隊より少ないようだ。各中隊が一糸乱れぬ動きで、敵飛行場に突っ込んでゆく。

「村田一番より『土佐』隊。嚮導機を視認できぬ機は、個別に投弾せよ」

村田の声がレシーバーに届いた。

全機一斉の投弾は不可能と、村田は判断したのだ。

幸い、木崎機は嚮導機を視界内に捉えている。

二小隊の二、三番機も、木崎機に追随している。

嚮導機に合わせての投弾は可能なはずだ。

「長瀬、行けるか？」

「大丈夫です。このまま行きましょう！」

「よし！」

長瀬の力強い返答を受け、木崎は第一小隊を追った。

前方や周囲には、黒い爆煙が湧き出している。

対空火器の射程圏内に入ったのだ。

嚮導機も、村田機も、恐れる様子もなく、爆煙の中に突っ込んで行く。漂う黒煙をプロペラが巻き込み、後方へと吹き飛ばす。

木崎は嚮導機を見失わぬよう、機体を操り続ける。

(まだか?)

胸中で問いかけたとき、嚮導機の下腹から、黒い塊が離れる様が見えた。

ほとんど間を置かず、村田機と一小隊三番機も投弾する。

「てっ!」

長瀬の叫びが伝声管から伝わり、九七艦攻がひょいとばかりに上昇した。

五〇〇キロの重量物を切り離した反動で、機体が飛び上がったのだ。

「二、三番機、投下!　三小隊長機、投下!」

「よし!」

米田の報告を受け、木崎は頷いた。

第一中隊のうち、六機は嚮導機に従っての投弾ができたのだ。

嚮導機も含め、合計七発の五〇番が、敵飛行場を襲うことになる。

嚮導機は直進している。

オロテ半島の南側から、海上へと離脱するつもりなのだ。

木崎も嚮導機に倣い、直進を続ける。

「長瀬、戦果確認!」

「……不充分ですね」

木崎の問いに、数秒の間を置いて答が返された。

「滑走路への直撃弾は五、六発程度です。あれでは、短時間で修復されてしまいます」

木崎も腰を浮かし、敵飛行場を見下ろした。

「駄目か……!」

との呻き声を漏らした。

滑走路や付帯設備に何発かは命中したようだが、火災の規模はさほどでもない。

第二次攻撃隊は、F4Fの攻撃を受けながらも投弾したが、戦果は中途半端なものに終わったのだ。

「橋口一番より全機へ。攻撃終了。帰投する」

総指揮官の命令が、レシーバーに入った。

攻撃が不首尾に終わったことについては、特に言葉はない。既に、司令部に報告電を打ったのだろう。

木崎は第二小隊の二、三番機を誘導しつつ、第一小隊に追随した。

(敵は、手強さを増している)

この日の戦いで、木崎はその感触を得ている。

ルソン沖海戦やパラオ沖海戦でも、敵戦闘機の迎撃はあったが、日本軍の攻撃隊は敵機を撃攘しつつ、敵空母を葬り去った。

だが今回は、作戦目的を達成できなかった。

守りを固めた敵に対する強襲が、どれほどの犠牲を伴うものかを、思い知らされたような気がした。

「何にせよ、母艦に足を降ろしてからだ」

木崎は、自身に言い聞かせた。

第二次攻撃は、まだ終わっていない。

今は第二小隊の指揮官として、八名の部下を母艦まで連れ帰ることに集中しなければならない。

2

「対空用電探、感三。方位一三五度、七〇浬」

第三戦隊の戦艦「霧島」の艦橋に、電測長赤座五郎大尉が報告を上げた。

「第一次攻撃隊の帰還機かな?」

艦長岩淵三次大佐は、時計を見上げて呟いた。

現在の時刻は、七時四六分(現地時間八時四六分)。

第一次攻撃隊の報告電が受信されたのは七時七分だから、帰還機が電探に映ってもおかしくない。

「『土佐』に信号。『対空用電探、感三。方位一三五度、七〇浬』」

岩淵は、信号長の下田五郎兵曹長に命じた。

第三艦隊旗艦「土佐」も対空用電探を装備しているが、「霧島」の方がアンテナの位置が高く、探知距離が長い。

情報は、できる限り早く司令部に届けておきたい。

下田が「土佐」に信号を送り、「土佐」から「信号了解」と応答が返される。

その直後、赤座が新たな報告を上げた。

「電測より艦橋。先に発見せる目標の後方に、新目標を探知。電探感二。方位一三五度、七五浬」

「二つの異なる目標が、同じ方位から我が艦隊に接近しつつあるということか？」

「おっしゃる通りです」

岩淵の問いに、赤座は戸惑ったような声で答えた。

「艦長、敵機の可能性があります」

航海長島田英治中佐が具申した。

「敵機だと？　敵の索敵機は来ていないぞ」

「攻撃隊が飛行場を叩いている間、空中で待機したのかもしれません、攻撃終了後、攻撃隊を尾行したと考えられます」

「『土佐』に信号。『先ニ発見セル目標ノ後方ニ新目標ヲ探知。電探感二。方位一三五度、七五浬。敵機ノ可能性有リト認ム』」

岩淵は少し考えてから、下田信号長に命じた。

「土佐」からは「信号了解」の応答があったものの、新たな指示は来ない。

第三艦隊司令部では、「霧島」から送られた信号について、長官と幕僚のやり取りが行われていると思われるが、すぐには結論が出ないようだ。

時計の針が八時を回ったところで、

「『土佐』より受信。『無線封止解除。上空警戒、第一配備』」

通信長工藤哲雄中佐が報告を上げた。

「対空戦闘、配置に就け！」

岩淵は、即座に全艦に下令した。

対空戦闘準備を告げるラッパの音が高らかに響き、「霧島」の乗員が慌ただしく動き始めた。

上甲板や艦内の通路、ラッタルでは、靴音が響き、命令や復唱の声が行き交う。

一二・七センチ連装高角砲、二五ミリ三連装機銃には、目一杯仰角がかけられ、砲身が天を睨む。

「霧島」の前後に位置する第八戦隊の軽巡洋艦「利根」や第一〇戦隊の駆逐艦、輪型陣の中央に位置する五隻の空母、輪型陣の右方を守る姉妹艦の「比叡」も同じだ。

第三艦隊の各艦は、空から迫る敵に対し、急速に迎撃準備を整えていく。

(今度は守って見せる)

岩淵は、腹の底で呟いた。

四月二五日、レキシントン級巡戦が第三艦隊の空母群を襲ったとき、第三戦隊は何もできなかった。

あのとき三戦隊は、第二艦隊の指揮下に入り、米艦隊の艦砲射撃に備えて、ラウラウ湾にいたのだ。

第三艦隊旗艦「土佐」より、「我、敵艦隊ト交戦中」の緊急信が発せられるや、三戦隊は戦場海面に急行したが、「霧島」「比叡」はレキシントン級より劣速であるため、敵を捕捉できなかった。

戦艦「赤城」を始めとする第四艦隊の別働隊が駆けつけてくれたおかげで、第三艦隊の被害は「龍驤」「長良」の沈没に留まったが、「霧島」の艦長としては、無念の思いが消えない。

三戦隊が空母群の傍から離れたのは、第三艦隊司令部の命令に従ったためであり、海軍中央から責任を問われることはなかったが、空母を救うために何もできなかったというのは悔しく、情けない限りだ。

その無念は、対空戦闘で晴らす。敵機には、「土佐」にも「加賀」にも指一本触れさせぬ——その思いを込め、岩淵は上空を見据えていた。

「『隼鷹』面舵。艦戦隊、発艦します!」

後部見張員が報告を上げた。

直衛専任艦の「隼鷹」は、既に二個中隊一八機の零戦を上空に上げていたが、飛行甲板上で待機していた零戦にも出撃を命じたのだ。

二万四一四〇トンの基準排水量を持つ商船改装の中型空母が、風上に向かって突進し、次々と零戦を発進させる。

「隼鷹」の飛行甲板を蹴った零戦は、爆音を轟かせながら高度を上げてゆく。

「砲術より艦長。主砲には三式弾を装塡します」

砲術長樋口貞治中佐が報告を送る。

三式弾は、対空・対地射撃を主目的に開発された砲弾だ。

爆発すると、三〇〇メートルの範囲内に多数の焼夷榴散弾と弾片を飛び散らせ、敵機を一網打尽に撃墜する。

「霧島」と姉妹艦の「比叡」が搭載する三五・六センチ砲弾のうち、三式弾が三分の一を占めていた。

「味方撃ちのないよう、厳重注意」

岩淵は、樋口に注意を与えた。

各艦が戦闘準備を整えたときには、最初に電探が探知した目標は、第三艦隊から三〇浬の距離まで近づいている。

「砲術より艦長。右二〇度より接近する機影あり」

八時一一分、樋口が報告した。

岩淵は、双眼鏡を右前方に向けた。

複数の機影が、ちぎれ雲の間を縫うようにして、艦隊上空に接近して来る。岩淵が最初に予想した通り、第一次攻撃隊帰還機のようだ。

攻撃隊帰還機は、すぐには着艦の態勢を取らない。第一、第二航空戦隊の空母四隻も、輪型陣の中央から動く様子を見せない。

収容作業は、来襲する敵機を撃退してからだ。

「艦長より砲術。右舷側の高角砲は、空母の上空に向けよ」

岩淵は樋口に命じた。

機動部隊における戦艦の役割は、空母の援護だ。

四月二五日の硫黄島沖海戦では、輪型陣の先頭に配置された「赤城」が奮戦し、第五航空戦隊の「翔鶴」「瑞鶴」に敵機を寄せ付けなかったという。

この「霧島」も、「赤城」の奮闘に倣うのだ。

「右舷側の高角砲は、空母の上空に向けます。敵機には、一発も投弾を許しません」

岩淵の意図を汲み取ったのだろう、樋口は力のこもった声で復唱した。

「砲術より艦長。右二〇度、敵機！　高度三〇（三〇〇〇メートル）！」

八時一九分、樋口が岩淵に報告した。

僅かに遅れて、

「左一〇度、敵機。高度三五（三五〇〇メートル）！」

の報告が、防空指揮所より上げられた。

上空で待機していた直衛機が、敵機に突進する。

第一次攻撃隊帰還機の中からも、何機かの零戦が、敵機に立ち向かう。

第三艦隊の右前方と左前方で、空中戦が始まる。

彼我の機体が上下左右に飛び交い、火箭が縦横に交錯する。

飛行機雲が絡み合い、複雑な紋様を描くが、それも飛び交う機体によってかき乱される。

時折、上空に火焰が湧き出し、被弾した機体が黒煙を引きずりながら海面に落下する。

「砲術より艦長。主砲は左舷側に向け、雷撃機に備えたいと考えます」

「いいだろう」

樋口の意見具申に、岩淵は即答した。

彼我の機体が入り乱れる状況では、三式弾は使えない。主砲は、輪型陣の突破を狙う雷撃機に向けるのだ。

「霧島」の前甲板で、第一、第二砲塔が左に旋回し、太く長い砲身が水平に近い角度まで倒される。

高角砲や機銃は、艦橋の死角にあるため、動きを見ることはできないが、全ての砲身、銃身が天を睨んでいるはずだ。

空中の戦場が、艦体上空に接近して来る。

零戦はよく戦っているが、敵全機の阻止は難しいようだ。

「敵の狙いは『土佐』か？　『加賀』か？　それとも二航戦の『蒼龍』『飛龍』か？」

上空を睨みながら呟いたときだった。

「敵機、本艦に向かって来ます!」

防空指揮所から、仰天したような声で報告が飛び込んだ。

「艦長より砲術。射撃開始!」

岩淵は、泡を食ったような声で叫んだ。

敵機は空母を狙って来ると予想し、「霧島」もそのつもりで射撃準備を整えていたが、戦艦を優先的に攻撃して来るとは予想外だった。

「射撃開始します!」

樋口が復唱を返すや、艦橋の後方から砲声が響き始める。

一二・七センチ高角砲が、真っ先に砲門を開いたのだ。

「霧島」は、昭和一一年に第二次改装が完了したとき、一二・七センチ連装高角砲四基、七・六センチ単装砲八基を装備していたが、開戦の前年、昭和一五年に一四センチ単装副砲と七・六センチ単装砲を全廃し、一二・七センチ連装高角砲六基、同単装高角砲一四基を装備した。

高角砲の数は、片舷一三門、両舷二六門だ。

それらが一斉に火を噴き、多数の一二・七センチ砲弾を撃ち上げる砲声は、艦が空に向けて、巨大な咆哮を上げているかのようだった。

「敵一〇機以上、左前方より接近!」

「敵はドーントレス。降爆です!」

二つの報告が、連続して飛び込む。

「取舵一杯!」

高角砲の砲声に負けぬほどの大音声で、岩淵は下令した。

「取舵一杯。宜候!」

「とぉーりかぁーじ、いっぱぁーい!」

島田航海長が復唱を返し、威勢のいい声で操舵室に下令する。

操舵長は直ちに舵輪を回したであろうが、何分にも基準排水量三万一九八〇トンの巨体だ。舵が利くまでには時間がかかる。

「霧島」は一二・七センチ高角砲を撃ちまくりながら、直進を続ける。

砲声に混じって、甲高い音が聞こえ始める。急降下爆撃機に特有の、ダイブ・ブレーキの音だ。

狙われる側にとっては、死神の呼び声に等しい。神経を掻きむしられるような音色だ。

「敵一機撃墜！」

見張員の弾んだ声が届いたが、一機を墜とした程度では、「霧島」の危機は去らない。ダイブ・ブレーキ音は、なおも拡大する。

機銃の連射音が響き、「霧島」の左舷側に多数の火箭が突き上がり始めた。

第二次改装後の機銃の装備数は、二五ミリ連装機銃一〇基だったが、現在は一六基にまで増備されている。

それらが降下して来る敵機の真下から、直径二五ミリの機銃弾を撃ち上げる。

「敵一機……いや、二機撃墜！」

との報告が入る。

敵の残存機数は不明だが、おそらく一〇機を切っているはずだ。

（かわせ、『霧島』！）

岩淵が心中で叫んだとき、頭上を金属的な爆音が通過した。先頭の敵機が投弾を終え、引き起こしをかけたのだ。

二機目が引き起こしをかける寸前、ようやく舵が利き始め、「霧島」の艦首が左に振られた。

基準排水量三万一九八〇トンの鋼鉄製の艦体が、海面を弧状に切り裂いてゆく。

回頭する「霧島」の頭上を、二機目のドーントレスが通過する。

最初の一発が着弾した。

右舷艦首付近の海面で爆発が起こり、大量の海水が飛び散った。遅延信管付きの徹甲弾ではなく、着発信管付きの瞬発弾だ。

敵の三、四番機が続けて引き起こしをかけ、二発目、三発目の敵弾が炸裂する。

敵弾が次々と爆発する海面を、「霧島」は左へ左へと回ってゆく。

敵弾は右舷至近に落下し、盛大な飛沫(しぶき)を上げる。

あたかも、「霧島」を追って来るようだ。

(全弾をかわしてくれ。最後まで、直撃させないでくれ)

敵弾の炸裂音、敵機のダイブ・ブレーキ音、引き起こし後の爆音が間断(かんだん)なく轟く中、岩淵は願った。

最後の一機が引き起こしをかけて飛び去り、敵弾が右前方の海面で爆発したとき、岩淵は右手の拳(こぶし)を握り締め、

「勝った!」

と呟いた。

「霧島」は、敵弾全ての回避に成功した。一〇機近くのドーントレスに、空を切らせたのだ。

だが——。

「敵機急降下。右三〇度、二〇(フタマル)(二〇〇〇メートル)!機数八!」

見張員が、新たな報告を上げた。

「戻せ。面舵一杯!」

「もどーせーえ! 面舵いっぱぁーい!」

岩淵が大音声で下令し、島田が操舵室に下令した。

左への回頭を続けていた「霧島」は、右に回頭させようとする力を受け、抗(あらが)うように身震(みぶる)いする。

右舷側の一二・七センチ高角砲が猛然たる勢いで撃ち始め、小口径砲多数の砲声が轟く。

その砲声をかき消さんとするかのように、ダイブ・ブレーキ音が聞こえ始める。

二〇〇〇メートルという比較的低めの高度から降下を開始したためだろう、敵機の接近は早い。

敵一番機が「霧島」の頭上で引き起こしをかけたとき、艦はまだ直進に戻ったばかりだった。

一発目は「霧島」を飛び越し、左舷側海面で炸裂したが、二発目は艦を直撃し、後部から炸裂音と衝

撃が伝わった。

応急指揮官を務める副長長井武夫中佐の報告が届くより早く、後続機の爆弾が落下する。

三発目、四発目は外れたが、五発目が再び後部に命中し、炸裂音と衝撃が艦橋に届く。

（あと三発だ。かわせ。かわしてくれ）

岩淵は、胸中で「霧島」に呼びかけた。

人事は、既に尽くしている。かわし切れるかどうかは天命の領域だ。

六発目、七発目には、岩淵の祈りが届いた。

二発とも左舷至近に落下し、奔騰する海水が上甲板にまで降りかかったが、直撃はなかった。

最後の一発が炸裂すると同時に、岩淵は頭の上から鉄の塊が墜ちて来たような衝撃を感じ、意識が瞬時に暗転した。

「米軍は、何を考えている？」

第三艦隊司令長官南雲忠一中将は、首を捻りながら呟いた。

旗艦「土佐」の艦橋からは、黒煙を噴き上げる二隻の戦艦が見えている。

輪型陣の外郭で、「土佐」「加賀」を守る位置に付いていた「霧島」「比叡」だ。

米軍の攻撃隊は、第一次攻撃隊の帰還機を尾行し、第三艦隊の位置を突き止めた。

第三艦隊では、空母が真っ先に狙われると考えていたが、敵は思いがけない行動を取った。

輪型陣の中央に位置する五隻の空母には目もくれず、二隻の戦艦に襲いかかったのだ。

「霧島」「比叡」が配置されていた輪型陣の外郭は、他艦からの援護を充分に受けられる位置ではない。

二隻の戦艦は、対空火器を総動員して応戦し、回避運動も行ったが、敵機を防ぎ切ることはできず、「霧島」が三発、「比叡」が四発の直撃弾を受けた。

「霧島」は後甲板に一発を食らった他、艦橋トップの射撃指揮所、後部の予備射撃指揮所を破壊された。

艦橋トップに直撃弾を受けたため、砲術長は戦死、艦長、航海長は重傷を負っており、現在は長井武夫副長が指揮を執っている。

「航行ニハ支障ナキモ主砲射撃不能」

というのが、「霧島」から届いた報告だ。

「比叡」も、「霧島」と同様の被害を受けている。

艦橋トップの射撃指揮所、後部の予備射撃指揮所共に測距儀(そっきょぎ)を損傷し、測的が不能となった。

砲撃に不可欠の「目」を潰された状態だ。

「比叡」艦長西田正雄(にしだまさお)大佐は、「霧島」同様、主砲が使用不能になった旨(むね)を報告している。

二隻の戦艦は、最大の武器である三五・六センチ主砲を封じられたのだ。

南雲にとって理解し難いのは、米軍が「霧島」「比叡」に攻撃を集中した理由だ。

米海軍が大艦巨砲主義を採用しているとはいっても、現在焦点となっているのは、グアム島周辺の制空権、制海権だ。

彼らの立場で考えた場合、最大の脅威は五隻の空母となる。

にも関わらず、何故(なぜ)戦艦に攻撃を集中したのか。

「敵は、艦砲射撃を封じようとしたのではないでしょうか？」

首席参謀の大石保(おおいしたもつ)大佐が意見を述べた。

「艦上機による飛行場攻撃が不首尾に終われば、我が軍は次の一手として、艦砲射撃を考えます。米軍は先を読み、戦艦二隻を攻撃することで、艦砲射撃を不可能としたのでは？」

「その可能性はあるな」

参謀長の酒巻宗孝(さかまきむねたか)少将が言った。

第三艦隊は空襲終了後、第一次攻撃隊の帰還機を収容している。

第一次攻撃隊の参加機は、零戦五四機、九九艦爆三六機、九七艦攻三六機だが、帰還機は零戦三八機、九九艦爆二〇機、九七艦攻二四機だ。

損耗率は三割五分。過去の作戦では、最も高い。

攻撃隊総指揮官の楠美正少佐は、

「再攻撃ノ要有リト認ム」

との報告電を打っている。

第一次攻撃は、多大な犠牲を払ったものの、作戦目的は未達成に終わったのだ。

グアムの米軍は、飛行場は直衛戦闘機と対空火器で守れるとの見通しを得たと推測できる。

彼らは、航空攻撃に失敗した第三艦隊が艦砲射撃を用いると睨み、「霧島」「比叡」を叩いたのではないか。

「米軍の作戦目的は、グアムの死守にある。そのために先手を打って、艦砲射撃を阻止した、ということか？」

確認を求めた南雲に、大石と酒巻が答えた。

「私は、そのように考えます」

「首席参謀と同意見です」

南雲は少し考え、幕僚たちに意見を求めた。

「第三次攻撃を実施すべきと思うかね？」

「作戦目的がグアムの敵飛行場を使用不能に追い込むことである以上、第三次攻撃は必要と考えますが――」

酒巻が言葉を濁した。

参謀長の言いたいことは分かる。第一次攻撃隊の未帰還機が多いため、第三次攻撃の実施を躊躇っているのだ。

「第二次攻撃隊の帰還を待ってはいかがでしょうか？」

航空甲参謀の源田実中佐が言った。

第一次攻撃隊の収容作業中に、第二次攻撃隊総指揮官の橋口喬少佐から、

「我、敵飛行場『乙』ヲ攻撃ス。滑走路、付帯設備ニ爆弾多数命中セルモ効果不充分。再攻撃ノ要有リト認ム。〇八五七」

との報告電が届いている。

第二次攻撃隊を一旦収容し、一次の残存機と合わ

せて、第三次攻撃隊を出撃させてはどうか、というのが源田の考えだ。

「一次の帰還機数は八二機ですが、見たところ損害機が多く、すぐに再出撃が可能な機体は四〇機程度ではないかと考えられます。この機数で第三次攻撃を実施しても、戦果不充分になる可能性大ですが、二次の帰還を待って残存機と合わせれば、充分な機数を準備できると推測します」

「これ以上、艦上機と搭乗員、特に搭乗員を消耗するのは、いかがなものでしょうか？　機動部隊の艦上機と搭乗員は、本来敵の主力艦に対する攻撃が主任務です。陸上基地に対する攻撃で彼らを失っては、今後の作戦に支障が出ることが懸念されます」

「乙参謀の懸念はもっともだが、我々が受けている命令は、グアムの敵飛行場撃滅だからな。中途半端に終わらせるわけにはいくまい」

航空乙参謀吉岡忠一少佐の意見に、酒巻が苦衷の表情を浮かべて反論した。

（参謀長の気持ちも分かる）

腹の底で、南雲は呟いた。

心情的には吉岡に賛成したいところであろうが、三艦隊の参謀長としては、任務の達成を第一に考えねばならないのだ。

南雲自身も、部下を死地に飛び込ませることには迷いがある。

機動部隊の指揮官に任ぜられてから実感したことだが、搭乗員の養成にはかなりの時間と予算を必要とするのだ。

特に母艦搭乗員は、空母への発着艦という特殊な技術を身につけねばならないため、養成にはそれだけ長い時間がかかる。

掌中の珠とも呼ぶべき搭乗員を、これ以上失いたくはない。

航空攻撃だけで敵基地を撃滅できなかった場合には、戦艦二隻による艦砲射撃をかけようと考えていたが、その策も使えなくなった。

敵飛行場を完全に使用不能に追い込むには、源田の案に従う以外にないが――。

「通信より艦橋。八艦隊司令部より『戦果ヲ報サレタシ』との入電あり」

通信室に詰めている通信参謀小野寛次郎少佐から、報告が飛び込んだ。

「そうか！」

肝心なことを思い出した――酒巻が、そう言わんばかりの声を上げた。

サイパン、テニアンには、第二二、二三航空戦隊が健在だ。

グアムに進出した敵航空部隊と、トラックから長駆攻撃をかけて来るB17の迎撃戦で消耗しているものの、ある程度の機数は残っている。

基地航空隊に、第三次攻撃を引き受けて貰ってはどうか、と酒巻は考えたのだ。

南雲は酒巻に命じた。

「八艦隊宛、打電せよ。『敵飛行場〈乙〉ハ撃滅セルモ〈甲〉ニハ再攻撃ノ要有リ』」

3

「ルソン沖海戦を思い出すな」

海軍第八航空隊の第三小隊長刈谷文雄中尉は、愛機を操りながら、一式戦闘攻撃機「天弓」の初陣となった戦いに思いを馳せた。

同海戦は、前半の航空戦と後半の夜戦に分かれる。

前半戦では、機動部隊の艦上機が米アジア艦隊を攻撃し、敵空母二隻撃沈、戦艦六隻撃破の戦果を上げた後、二三航戦隷下の一式陸攻四八機と天弓二六機が、手負いとなった敵戦艦を攻撃した。

このときは、敵戦艦の撃沈には至らなかったものの、戦闘力に大きな打撃を与え、後半の夜戦における勝利の下地を作っている。

機動部隊、基地航空隊、水上砲戦部隊が、協力して得た勝利と言っていい。

この日のグアム攻撃も、ルソン沖海戦前半戦と同じく、機動部隊と基地航空隊の協同攻撃となる。

第三艦隊の艦上機が先陣を切り、グアムの敵飛行場「甲」「乙」二箇所のうち、「乙」を使用不能に追い込み、「甲」にも損害を与えた。

第八艦隊司令部は、「甲」に止めを刺すべく、第二二、二三航空戦隊に出撃を命じたのだ。

ルソン沖海戦と大きく異なるのは、敵の防空態勢が遥かに強力であることだ。

第三艦隊の第一次攻撃隊は、敵戦闘機多数の迎撃を受けたため、攻撃が不首尾に終わっている。

敵戦闘機も、第三艦隊との戦闘で減少しているはずだが、残存機が死に物狂いで反撃して来ることは間違いない。

第二二、二三航空戦隊も、グアムに進出した敵機やトラックから来襲するB17との戦闘で消耗しており、作戦参加機数は充分とは言えない。

五月八日のグアム攻撃には、八空の天弓四二機が参加したが、今回は三一機だ。

そこで今回は、中高度域と低空からの同時攻撃という作戦案が採られた。

八空の天弓は離陸後、高度を三〇〇メートルに保っている。

低空飛行は燃料の消費量が増えるが、目的地のグアム島までは約八〇浬だ。

一三〇〇浬の航続距離を持つ天弓なら、悠々と往復できる。

上空には、第二二航空戦隊に所属する美幌航空隊、元山航空隊の一式陸上攻撃機四四機の機影が見える。

肉眼では確認できないが、護衛の零戦も付き従っているはずだ。

海面付近では、三一機の天弓が装備する三菱「火星」一一型エンジン六二基の爆音が轟いている。

亜熱帯圏の真っ青な海面は、急流さながらの勢いで、後方へと吹っ飛んでゆく。

海軍時計の針が一〇時に近づいたとき、先頭を行く飛行隊長早乙女玄少佐の天弓がバンクした。

目標発見の合図だ。

五月八日の攻撃では、三〇〇〇メートルの高度からグアムを見下ろしたが、低空から接近するときの印象は大きく異なる。

海上の小さな点が、接近するにつれて左右に広がり、稜線もはっきりしてくる。

「無線封止解除。突撃隊形作れ」

無線電話機のレシーバーに、早乙女の声が響いた。

各航空隊指揮官の中では最も階級が高い早乙女が、総指揮を委ねられているのだ。

三一機の天弓が三隊に分かれ、それぞれが鏃のような陣形を作る。

刈谷はこれまで通り、早乙女が直率する第一中隊の第三小隊だ。

小隊の二、三番機を従え、第一小隊の左後方に付ける。

上空でも、美幌空、元山空の一式陸攻が陣形を組み替えているようだ。

その間にも、グアム島は間近に迫っている。

北端のリティディアン岬や海岸に打ち寄せては砕ける波が、はっきり見えている。

早乙女は八空の天弓三〇機を、岬の右方、すなわちグアムの西岸沖へと誘導した。

「全軍突撃せよ！」

早乙女機が岬の西側を通過した直後、叩き付けるような命令がレシーバーに飛び込んだ。

早乙女機が速力を上げ、一小隊の二、三番機、二小隊の三機が続く。

「刈谷一番より二、三番、続け！」

刈谷も小隊の二機に命じ、エンジン・スロットルを開いた。

「火星」一一型二基が力強い咆哮を上げ、天弓が加速された。

八空が先陣を切って、低空から「甲」を攻撃するのだ。

三一機の天弓は、フル・スロットルの爆音を轟かせ、グアム島の西岸沖を突進する。

「陸攻隊、敵機と交戦中！」

後席の佐久間徳藏二等飛行兵曹が報告し、刈谷は「了解！」とのみ応えた。

陸攻隊のことは気がかりだが、今は自分の任務に集中しなければならない。

（すまぬ）

胸中で、刈谷は陸攻隊に手を合わせた。

八空が低空から、美幌空、元山空が高空から、それぞれ進撃したため、陸攻隊が敵の電探に捕捉され、敵戦闘機を引きつけることになった。

作戦の要請上、止むを得なかったとはいえ、友軍を囮に使う形になったのは申し訳なく思う。

陸攻には零戦の護衛が付いている以上、むざむざ敵の餌食にならないとは思うが——。

（こっちの攻撃は、何が何でも成功させるぞ）

刈谷は自身に言い聞かせ、先頭の早乙女機を注視した。

「早乙女一番より八空全機へ。左旋回！」

早乙女が新たな命令を送る。

「西一番、了解！」

「刈谷一番、了解！」

第二小隊長西隆一郎大尉に続いて、刈谷が返答する。

先頭の早乙女機が、真っ先に左に旋回する。

天弓の初陣となった、台湾上空での戦い以来、常に八空の先頭に立って戦って来た飛行隊長だ。

指揮官機は敵に狙われ易いが、早乙女は武運強く生き延び、八空の指揮を執り続けている。

八空の全員が目標としている指揮官だ。

一小隊の二、三番機、二小隊の三機に続いて、刈谷も左の水平旋回をかけた。

天弓の機体が左に大きく傾き、機首を左に振る。

目の前に見えていた海岸線が右に流れ、グアム島の内陸が視界に飛び込んで来る。

「あいつか！」

刈谷は小さく叫んだ。

三本の長い滑走路を持つ飛行場が、目の前にある。

短期間で整備したらしく、舗装はされていないが、地面は丁寧に整地されているようだ。

駐機場や滑走路脇の無蓋掩体壕には、多数の機体が見える。

B17の姿は見当たらない。今のところは、単発機ばかりのようだ。

「早乙女一番より八空全機へ。かかれ！」

新たな命令が飛び込んだ。

「刈谷一番より二、三番。駐機場をやる。付いて来い！」

「刈谷二番、了解！」

「刈谷三番、了解！」

刈谷の命令に、二番機の清水和則二等飛行兵曹、三番機の池田勝二等飛行兵曹が即答する。

刈谷は舵輪を右に回し、駐機場に機首を向ける。

地上の複数箇所に発射炎が閃き、何条もの火箭が突き上がり始めた。

青白い曳痕が、左右の翼端付近をかすめ、後方へと流れる。曳痕の一つ一つが、拳のように大きい。口径は二〇ミリ以上と見積もられる。頑丈なことでは定評のある天弓だが、一発でも食らえば、致命傷を受けかねない。

敵弾をかいくぐりながら、刈谷は駐機場に居並ぶ敵機に突進した。

胴体が太い単発戦闘機と複座の艦爆が並んでいる。

前者は八空も対戦したグラマンF4F〝ワイルドキャット〟、後者は米海軍の主力艦上爆撃機ダグラスSBD〝ドーントレス〟だ。機数は、両者を合わせて四〇機前後といったところか。

「甲」は、米陸軍機の飛行場だとの情報がある。海軍飛行場の「乙」が使用不能となったため、「甲」に降りたのかもしれない。

「直進して下さい。ど真ん中を狙います」

「直進。宜候！」

佐久間の指示に、刈谷は即答した。

ドーントレス群の上を、低空で通過する。

「用意、てっ！」

佐久間の声が伝わると同時に、天弓が軽くなり、機体が上昇する。

爆弾槽に抱いて来た二五番陸用爆弾二発を投下した反動で、機体が飛び上がったのだ。

低空から投弾したため、弾着までの時間はごく短い。二、三秒後には、炸裂音が届く。

「二、三番機、投弾！　敵機に命中！」

二度目、三度目の炸裂音が後方で轟き、佐久間が弾んだ声で報告する。

その声を聞きながら、刈谷は舵輪を右に回し、対空砲陣地に機首を向けた。

舵輪を右に、左にと回して敵弾をかいくぐり、目標に肉薄する。

照準器の白い環に対空砲を捉え、舵輪に付いている発射ボタンを押す。

コクピットの両脇から四条の細い火箭が噴き延び、対空砲陣地に殺到する。

両翼の付け根付近に装備する七・七ミリ機銃四丁を放ったのだ。機首に装備する二〇ミリ機銃よりも非力だが、四丁を揃えて発射すれば、かなりの威力になる。

敵兵が、見えない手でなぎ払われるように仰け反り、対空砲が沈黙する。

刈谷は後方に二、三番機を従え、右の水平旋回をかける。

たった今、二五番六発を投下した駐機場が視界に入る。

木っ端微塵となり、元がF４Fだったのかドーントレスだったのか分からなくなっている残骸や片方の主翼を破壊されて擱座しているF４F、尾部を叩き潰され、前半分だけになっているドーントレスが散らばっている。

航空機が、地上では無力であることを物語る光景だ。

先の爆撃で撃ち漏らしたF4F、ドーントレスを目がけ、刈谷は二〇ミリ弾の掃射(そうしゃ)を浴びせる。機首から噴き延びる四条の太い火箭が、敵機の胴体や主翼に突き刺さる。

F4Fも、ドーントレスも、片っ端から主翼を分断され、胴体を引き裂かれ、コクピットを粉砕されて、残骸と化す。

「二、三番機、敵機を銃撃中!」

「よし!」

佐久間の報告を受け、刈谷は満足の声を上げる。

二番機の清水二飛曹、三番機の池田二飛曹も、刈谷に倣い、敵機に二〇ミリ弾を浴びせているのだ。

破壊された機体から飛び散るジュラルミンの破片や風防ガラスのかけらが、陽光を反射しながら宙に舞い、駐機場に撒き散らされる。

残骸から立ち上る黒煙を、高速で回転する天弓のプロペラが巻き込み、後方へと吹き飛ばしてゆく。

機首の二〇ミリ弾倉が空になったところで、刈谷は駐機場の上空から離脱した。

「刈谷三番より一番。駐機場の敵機は、ほぼ全機を撃破!」

池田機の偵察員を務める兼城正一一等飛行兵が報告した。

「刈谷二、三番、残弾どうか?」

「刈谷二番、二〇ミリの残弾なし」

「刈谷三番、二〇ミリの残弾なし」

「よし、引き上げる!」

清水と池田の答を受け、刈谷は命じた。

攻撃終了後は、可及的(かきゅうてき)速やかにグアムから離脱するよう命じられている。

どのみち、爆弾も二〇ミリ弾も残っていない以上、引き上げざるを得ない。

刈谷が島の西岸に機首を向けたとき、後方から新たな炸裂音が届き始めた。

「美幌空、元山空、投弾を開始しました」

「今回は成功だな」

佐久間の報告を受け、刈谷は独りごちた。

先陣を切った八空は「甲」の上空を縦横に飛び回り、敵機の地上撃破に努めた。

美幌空、元山空も、高度四〇〇〇メートルからの水平爆撃をかけている。

「甲」は、しばらく使用不能になるはずだ。

グアムの敵飛行場に対する機動部隊と基地航空隊の協同攻撃は、一応の成功を収めたと言える。

「周囲に敵機はいないか？」

「見当たりません」

刈谷の問いに、佐久間が即答した。

「刈谷二、三番、負傷はしていないか？」

「刈谷二番、二名とも健在です」

「刈谷三番、負傷者なし」

「了解！」

刈谷は力を込めて返答した。

多数のＦ４Ｆ、ドーントレスを地上で撃破したこと以上に、列機を一機も失うことなく戦いを終えたことが、刈谷には嬉しかった。

4

グアムの敵飛行場攻撃に対する報復は、この日のうちに返された。

「対空用電探、感三。ナフタン岬よりの方位一三五度、八〇浬！」

一三時二六分、サイパン島の第八艦隊司令部に、電測室から緊張した声で報告が上げられた。

「参謀長、B17によるトラックからの長距離爆撃と推測します」

第八艦隊参謀長大西新蔵（おおにししんぞう）少将に、作戦参謀の大前（おおまえ）敏一（としかず）中佐が具申した。

「トラック」の一語に、どこか忌々（いまいま）しげな響きがある。

開戦前は、外地における日本海軍最大の艦隊泊地だった場所だが、今では米太平洋艦隊の前線基地であると共に、マリアナ諸島の制空権を脅かす、巨大な航空要塞と化しているのだ。

「航空参謀、迎撃には何機を上げられる？」

「使用できるのは台南空の零戦と一一空の天弓だけです。八空の天弓と、二二航戦の零戦隊は、グアム攻撃から帰還したばかりであり、すぐには再出撃できません」

大西の問いに、航空参謀の尾崎武夫少佐が答えた。

「参謀長、二二航戦と二三航戦に迎撃を命じてくれ。可能な限り、B17を阻止するんだ」

幕僚たちのやり取りを黙って聞いていた第八艦隊司令長官草鹿任一中将が、重々しい声で命じた。

「もう一つ。陸攻は極力空襲前に飛び立たせ、後方に避退させて貰いたい」

「後方と言われましても、硫黄島の飛行場は、まだ使用できません」

「パラオに避退させるんだ。今のところ、パラオは敵の攻撃を受けていない」

草鹿は、断固たる口調で言った。

サイパンからパラオまでは、約八三〇浬。陸攻の航続性能なら、充分飛べる距離だ。

「分かりました。二二、二三航戦に迎撃と陸攻の避退を命じます」

大西が即答し、受話器を取り上げた。

飛行場は、殺気をはらんで動き出す。

空襲に備えて待機していた台南空の零戦三三機、一一空の天弓一九機が爆音を轟かせ、大地を蹴って舞い上がる。

陸攻隊も、避退を開始する。

地上で待機していた機体も、グアム攻撃から帰還したばかりの機体も次々と離陸し、八艦隊司令部の命令に従ってパラオへと向かう。

この間、第八艦隊司令部は半地下式の防空壕に避退している。

電測室からは、

「敵との距離、六〇浬」

「敵との距離、五〇浬」

と、B17群の接近を伝えて来る。

「敵は、グアム攻撃に天弓が多数参加しているのを見て、B17を出撃させたと推測します」

「あり得る話だな」

尾崎航空参謀の意見を受け、草鹿は頷いた。

開戦以来、最も多くのB17を墜として来た天弓だが、現時点で出撃可能な機数は一九機しかない。

八空の天弓は、すぐには再出撃できず、もう一つの天弓装備部隊である一一空は、サイパンへの移動中に硫黄島空襲に巻き込まれ、多数の機体を失った。

米軍は天弓の不在を狙って、トラックからの長距離爆撃をかけて来たのだ。

「八空は空襲に備えて、待機させるべきでした」

大前が口惜しげに言った。

天弓は敵重爆の邀撃の他、雷撃や水平爆撃にも使用できること、一式陸攻や九六陸攻に比べて生還率が高いこと、搭乗員が二名だけであるため、未帰還となったときの人員の損耗を抑えられることなどから、便利使いされる傾向にある。

空の便利屋として使うよりも、B17の迎撃に専心させるべきだったのでは、と大前は考えたようだ。

「グアム攻撃を陸攻だけに任せれば、戦果は中途半端なものに終わったかもしれぬ。使用可能な機材は、全て有効に使うのが、軍人たる者の責務だろう」

草鹿は言った。

グアム攻撃から帰還した八空の報告によれば、天弓は低空からの投弾によって滑走路や付帯設備を破壊しただけではなく、機首に装備した二〇ミリ機銃四丁の掃射によって、敵機多数を地上で撃破したという。

敵飛行場「甲」の撃破は、八空の奮闘に負うところが大きい。

八空をグアム攻撃に参加させたことは、決して間違いではなかったと、草鹿は考えていた。

敵機が一〇浬まで接近したとき、二二航戦、二三航戦から報告が入った。

報告を受けた大西が、草鹿に報告した。

「長官、二二、二三航戦の陸攻全機、パラオ方面に避退したそうです」

「うむ！」

草鹿は、満足感を覚えて頷いた。

陸攻全機を逃がすには時間が足りないか、と考えたが、搭乗員や整備員は全力を上げてくれたのだ。

一三時五五分、サイパン島南東端にあるナフタン岬の監視所から報告が上げられた。

「敵機はB17。機数約一〇〇。高度四〇（四〇〇〇メートル）。梯団五隊に分かれて侵攻中」

「完全な阻止は無理だな」

草鹿は大西に言った。

迎撃に上がったのは、零戦と天弓を合わせて五二機。B17はその倍近い。

一対二の戦力差があることに加え、相手は分厚い防弾装備を持つ「空の要塞」だ。

今回は、相当な被害を覚悟しなければなるまい——と、草鹿は腹をくくった。

ほどなく、アスリート飛行場がある方角から、炸裂音が続けざまに伝わって来た。

5

「事実上の相打ちか」

連合艦隊旗艦「香椎」の長官公室で、大西滝治郎参謀長が唸り声を発した。

五月一七日の一六時過ぎだ。

太陽は西に大きく傾いているが、柱島泊地はまだ明るい。柔らかい日差しが、連合艦隊の諸艦艇を照らし出している。

「香椎」の長官公室には、山本五十六司令長官以下の司令部幕僚が参集しており、張り詰めた空気が漂っていた。

「八艦隊司令部から報告電が届いたときには、勝ったと思ったが……」

「我が軍の作戦目的は、マリアナ諸島全体の制空権、制海権の確保だ。それが達成されていない以上、勝ったとは言えない」

山本が、苦々しげに言った。

この日、グアム沖に進出した第三艦隊と、サイパン島の第八艦隊は、合計三回に亘って、グアムの敵飛行場に航空攻撃を実施した。

結果、グアムの敵飛行場「甲」「乙」に大打撃を与え、使用不能に追い込むことに成功した。

ここで戦闘が終わっていれば、日本軍は引き続いて、グアム島の攻略に移行できたかもしれない。

だが米軍は、トラック環礁からB17による長距離爆撃を敢行し、サイパン、テニアンの日本軍飛行場を使用不能に陥れた。

マリアナ諸島は、日米両軍が共に飛行場を失った結果、基地航空兵力の空白地帯になっていた。

「最優先すべきは、我が軍の飛行場の再建です。一日でも早く飛行場を使えるようにしなければ、マリアナの制空権が失われます」

大西が、改まった口調で言った。

グアム攻撃は不本意な結果に終わったが、今は現状を認識し、早急に態勢を立て直さなくてはならないとの意が、言外に込められていた。

「硫黄島はどうなっている？」

肝心なことを忘れるな——そう言いたげな口調で、山本が聞いた。

最前線の飛行場が機能を回復しても、中継点の硫黄島が使えなければ、零戦や天弓は送り込めないのだ。

空母で飛行機を輸送する手もあるが、五月一〇日、航空機の輸送任務に当たっていた「春日丸」が、敵潜水艦に撃沈された苦い戦例がある。

マリアナへの航空機輸送は、できる限り、空輸によって実施したいというのが、山本の考えだった。

「五月一九日より使用可能の見込みとの報告が、軍令部より届いています。航空燃料につきましても、同日の夕刻までには硫黄島に搬入できるそうです」

政務参謀の藤井茂中佐が、山本の問いに答えた。

「早ければ、二〇日にはマリアナに増援を送り込めるということか？」

身を乗り出した大西に、藤井は「はい」と答えた。

「硫黄島の飛行場が使用可能になっても、マリアナの飛行場が使えなければ意味がない」

山本が、机上に広げられている内南洋要域図に指示棒を伸ばし、トラックを軽く叩いた。

「米軍は、B17によるトラックからの長距離爆撃を反復すると考えられる。また、米軍の設営部隊は高性能な土木機材を多数有している。飛行場の修復競争になれば、我が方は間違いなく敗北する」

山本は、一旦言葉を切った。

幕僚の何人かは、顔を青ざめさせている。事態の深刻さを、改めて認識したようだ。

「今更言っても仕方のないことですが、緒戦で多少の無理をしてもグアムを占領しておくべきでした」

大西が内南洋要域図を睨み、忌々しげに言った。

開戦前、大本営では、グアム島の早期占領も計画されていた。

同地を占領すれば、サイパン、テニアン、グアムの三島を合わせて強力な航空要塞を構築し、鉄壁の防衛態勢を築けると考えられていたのだ。

現実には、グアム攻略作戦はなかなか実施されず、もたついている間に、米軍の飛行場建設を許してしまったのだ。

「緒戦では、フィリピンに展開する米アジア艦隊を相手取るだけで精一杯だった」

山本は、小さくかぶりを振った。

「それに、米軍は開戦前からグアムに強力な地上部隊を駐留させ、堅固な防御陣地を築いていた。下手に手を出せば、こちらが大火傷を負ったかもしれぬ。

グアムの攻略が後回しになったことは、止むを得なかった」

「現在のような状況になったのは、必然だったとお考えですか？」

「うむ……」

「現在は、大兵力を投入してグアムを制圧できる状況ではありません。我が軍の機動部隊は、硫黄島沖海戦と先のグアム攻撃で艦上機と搭乗員を消耗しており、戦力の補充が必要です。当面はグアムで敵を釘付けにしつつ、戦力の回復を図る以外にありません」

「我が方も、グアムの敵飛行場を叩いてはいかがでしょうか？　パラオからであれば、グアムに長距離爆撃をかけられます」

三和義勇作戦参謀が意見を述べた。

パラオの防衛を担当する第九艦隊は、第二六航空戦隊を指揮下に収めており、三沢航空隊と木更津航空隊の一式陸攻七二機を擁している。

他に、B17の空襲から逃れてパラオに避退した陸攻隊もある。

これらの機体で、グアムの敵飛行場を叩くのだ。

パラオからグアムまでの距離は約七四〇浬だから、一式陸攻なら充分往復できる。

「飛行場が未完成なら、戦闘機の迎撃もありません。陸攻にとって脅威となるのは、対空砲火だけです」

「いいだろう。パラオからグアムへの長距離爆撃を実施しよう」

山本が大きく頷いた。

「もう一つの問題は、B17への対処です」

大西が言った。

敵飛行場の設営を妨害しても、日本側の飛行場が機能を回復しなければ、どうにもならない。

しかもB17は、攻撃力、防御力共に、一式陸攻を大きく凌駕するのだ。

「私に一つ、策があります」

榊久平航空参謀が発言した。全員の目が、榊に向けられた。

山本は、面白そうな表情を浮かべている。何を思いついたのだ、と問いたげだ。

榊は、落ち着いた声で言った。

「水上機を活用します」

第三章　水戦飛翔

1

「『ソード1』より全機へ。目標まで四〇浬」

第一三一爆撃機群の指揮官ジャック・ジェイムスン中佐の命令が、各機の機長に伝えられた。

131BGは、アメリカ合衆国陸軍航空隊の第一二航空軍に所属している。

最前線のトラック環礁に布陣するB17装備部隊の一つだ。

この日――五月二四日の作戦には、定数八〇機の半数、四〇機が参加している。

12AFには、131BGを含め、定数八〇機の爆撃機群四隊が所属しており、トラック東部の島々を拠点に、作戦行動を行っていた。

「戦闘配置」

第三小隊長を務めるロナルド・コーズウェイ中尉が、小隊長機のクルー七名に命じた。

爆撃手と前部の機銃手を兼任するリチャード・グレン軍曹が、機首の爆撃手席に移動した。

丸みのある風防ガラスに覆われ、機内では視界が最も広い。

グレンが担当する七・六二ミリ旋回機銃は、機体の右前方に突き出している。

機首にはもう一丁、左前方に向けられた旋回機銃が配置され、航法士のビル・メルビー曹長が受け持っていた。

グレンは爆撃手席から身を乗りだし、前方を見た。

波はかなり高い。白い波頭が、牙のように感じられる。

一万フィート（約三〇〇〇メートル）の高度から見下ろしても、海面が荒れていることははっきり分かる。

（不時着水は避けたいものだ）

腹の底で、グレンは呟いた。

ライフ・ジャケットを着けてはいるが、今の海面で泳ぐ羽目になったら、救助は望み薄だ。波に揉みしだかれ、潮流によって遠方へと運ばれ、行方不明になる可能性が高い。

過去の戦いで未帰還となったB17クルーの中には、そのような運命を辿った者もいるはずだ。

海の中で緩慢な死を迎えるぐらいなら、ひと思いに撃墜され、戦死した方がましだ。

「ジャップの飛行場は、使用不能になっているはずだ。サイパンだろうと、テニアンだろうと、ジークや天弓が上がって来ることはないさ」

心配するな、と言いたげな口調でメルビーが話しかけた。

「だといいんですがね」

グレンは、軽く肩をそびやかした。

この戦争では、何度も楽観を裏切られている。

合衆国政府は、強力な戦艦群を擁するアジア艦隊をフィリピンに配置すれば、日本はひとたまりもなく手を上げる、などと楽観していたが、そのアジア艦隊は多数の戦艦を失い、フィリピンから逃げ出す羽目になった。

アジア艦隊を失ったフィリピンの極東陸軍はあっさり降伏し、合衆国は極東の領地を失った。

マリアナ諸島を巡る攻防戦も、合衆国の思惑通りには運ばない。

グアムの飛行場は、日本軍の攻撃によって使用不能に追い込まれ、修復も進んでいない。

敵飛行場を潰したという情報も、どこまで信用できるものか。

だが、そのことを口にはしなかった。

第三小隊長機の前方には、第一小隊、第二小隊のB17八機が見える。ジェイムスン中佐の指揮官機に誘導され、サイパン島を目指している。

この日の目標は、サイパン島の北岸付近に位置する飛行場——合衆国側呼称「ローズ」だ。

マリアナ諸島の中で、最大の規模を持つ日本軍の飛行場は、サイパン島南部の飛行場——合衆国側呼称「アザレア」だが、同地は五月一七日、12AF隷下の第一二二、一二六爆撃機群が使用不能に追い込んでいる。

12AFは、規模の小さい「ローズ」の方が、「アザレア」よりも早く修復が終わりそうだとの分析結果を出している。

「ローズ」を叩き潰し、反撃の可能性を封じることが、131BGの任務だった。

「『ソード1』より全機へ。サイパンを視認」

ジェイムズンの声が、レシーバーに届いた。

左前方に、二つの小さな点が見える。

手前がテニアン島、奥がサイパン島だ。

ジェイムスン機が左に大きく旋回し、第一、隊二小隊の七機もそれに倣う。

第三小隊長機も指揮官機に倣い、左の水平旋回をかける。

ジェイムスンは、テニアン島の南から、二つの島の西側に回り込むつもりなのだ。

四〇機のB17全機が旋回を終え、北上する態勢を取った直後、

「右前方、敵機！」

誰かの叫び声が、レシーバーに響いた。

グレンは、両目を大きく見開いた。

Tの字のような形状の機体が多数、131BGの右前方から向かって来る。

日本機の識別リストにはない機体だ。

「撃て！ 撃ち落とせ！」

ジェイムスンの叫び声がレシーバーに響き、第一、第二小隊のB17が応戦を開始した。

機首、胴体上面、胴体の右側面に設けられている機銃座から、七・六二ミリ機銃の細い火箭が噴き延び、鞭のように振り回された。

それに搦め捕られる敵機はない。

右に、左にと機体を振り、射弾をかいくぐりつつ、第一、第二小隊に肉薄して来る。

「ジーク……？」

開戦以来、合衆国の軍用機クルーを悩ませている戦闘機のコード名を、グレンは口にした。

実際の戦闘はこれが初めてだが、敵戦闘機の素早い身ごなしは、前線からの情報にあったジークの動きを思わせたのだ。

だが、グレンはすぐにその名を打ち消した。

ジークは、引込脚を持つ機体だ。Tの字のように見えるはずがない。

敵機は入れ替わり立ち替わり、第一小隊に攻撃をかけている。ジェイムスン機が標的となっているようだ。

右前方から突進しては、両翼に発射炎を閃かせ、すぐに右旋回をかけて離脱する。

ジェイムスン機も、その後方に位置する小隊の三機も、敵機に射弾を浴びせるが、火を噴く機体はない。七・六二ミリ弾の火箭は、大気を貫くだけだ。

ほどなく、ジェイムスン機の右主翼から黒煙が噴出し始めた。黒煙の内側には、赤いものがちらほらと見える。

敵機の射弾がエンジン・カウリングを貫通し、火災を起こさせたのだ。

「『ソード1』より全機へ。以後の指揮は『アロー1』が継承する！」

指揮官の叫びがレシーバーに響き、ジェイムスン機が視界の外に消える。

被弾、落伍したのは、ジェイムスン機だけではない。第一小隊の二番機――ロニー・ガン大尉が機長を務めるB17も、黒煙を噴き出しながらよろめき、機首を真下にして墜落し始める。

「気をつけろ。奴の機銃は二〇ミリだ。ジークと同じだ」

コーズウェイ機長が注意を喚起した。

機長の言葉通りだろう、とグレンは呟く。

B17の分厚い装甲鈑（そうこうばん）を貫き、エンジンを破壊するのは、相当な大口径機銃でなければ無理だ。敵機は両翼に、ジークのものと同じ二〇ミリ機銃を装備しているのだ。

敵機は、三小隊長機にも向かって来る。

「Tの字」が三機、三角の編隊を組み、右前方から突っ込んで来る。

このときになって、グレンはようやく「Tの字」の正体を悟った。

胴体下に巨大なフロートを提げた水上機だ。翼端近くにも、小さなフロートが見える。

「水上機ごときにやられるか！」

一声叫び、グレンは機銃の引き金を引いた。

両腕の中で、七・六二ミリ機銃の銃把が躍り、細い火箭が噴き延びた。

ほとんど同時に、水上機の両翼にも発射炎が閃く。真っ赤な曳痕が、右前方から殺到する。

敵弾命中の衝撃はないが、グレンの射弾も敵機を捉えていない。

水上機は急角度の右旋回をかけ、七・六二ミリ弾の射程外に逃れている。


フロートを提げているとは思えないほど、素早い動きだ。「水上機ごとき」などと、侮れる機体ではない。

敵の二、三番機が、続けて突っ込んで来る。

今度はグレンだけではない。胴体上面の動力旋回銃座からも二条の火箭が噴き延び、敵機を迎え撃つ。

結果は、今度も同じだ。

被弾はないが、敵機の撃墜もない。互いに、銃弾をばら撒くだけに終わっている。

「『アロー1』より全機へ。高度二万フィート！」

ジェイムスンから指揮を引き継いだ第二中隊長ラリー・ダビッドソン少佐が命じた。

コーズウェイが上昇をかけたのだろう、B17の機首が上向けられ、右前方に見えていた二つの島が死角に消えた。

前を行く第一、第二小隊の六機も、上昇を開始している。

上昇するB17に、敵の水上機が食い下がる。

日本海軍 二式水上戦闘機

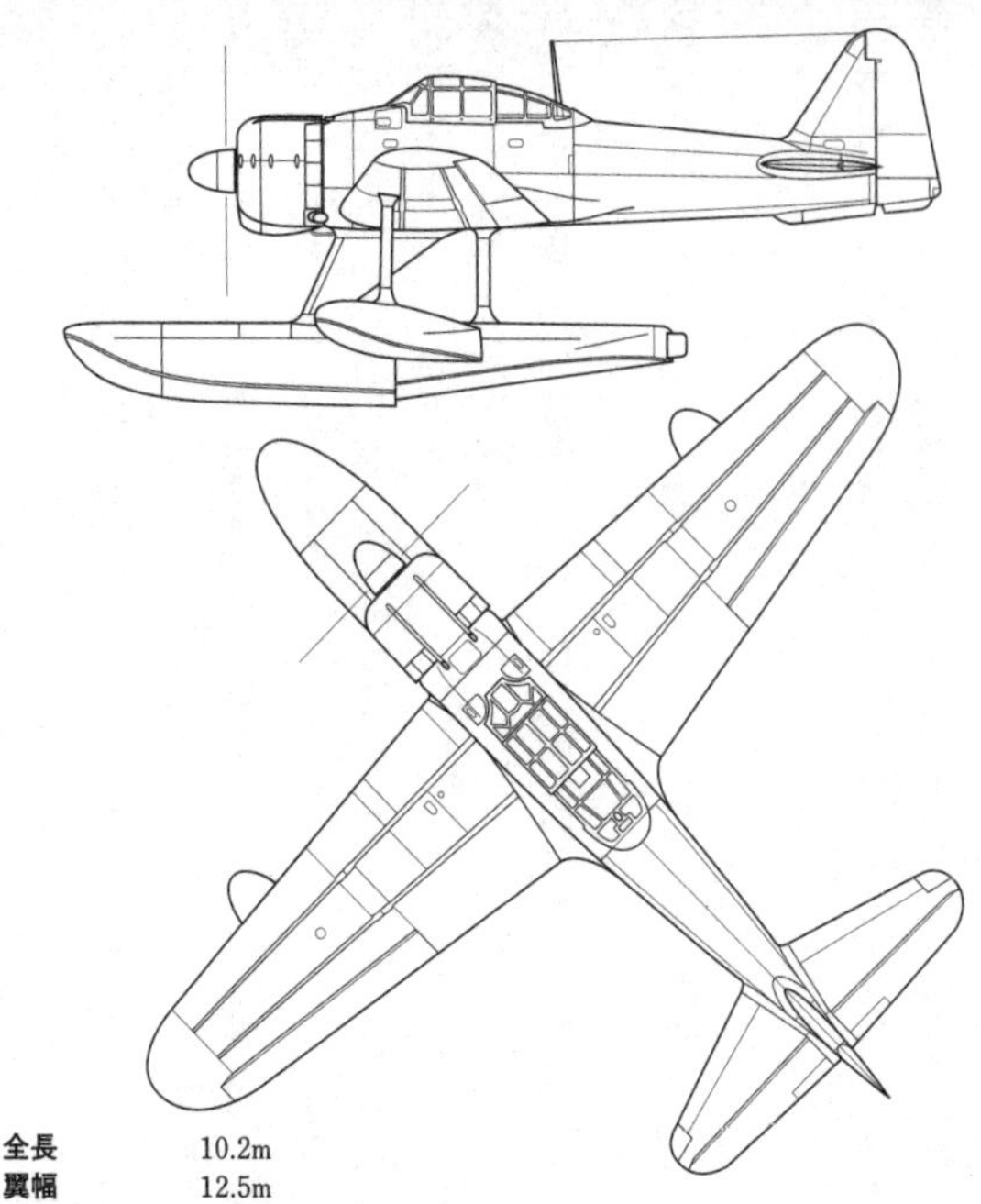

全長	10.2m
翼幅	12.5m
全備重量	2,460kg
発動機	三菱「栄」一二型 940馬力
最大速度	437km/時
兵装	7.7mm機銃×2丁（機首）
	20mm機銃×2丁（翼内）
乗員数	1名

日本海軍は、米軍に比して劣る飛行場設営能力を補うため、静水面さえあれば運用できる水上戦闘機の開発を決定。新型水上戦闘機は川西航空機が受注したが、設計が難航。急遽、すでに高性能戦闘機として一定の評価を得ていた零式艦上戦闘機を水上機に改造することとなった。しかし、水上機としての運用を想定していない零戦は、開口部が多く、海水による腐食対策なども考慮した大幅な設計変更が必要だった。

その上で開発された「水上戦闘機版零戦」は、原型となった零戦の機動性と大火力を受け継いだ強力な水上戦闘機として完成。二式水上戦闘機として制式採用されている。

第二小隊の二番機に三機が取り付き、続けざまに射弾を浴びせる。

四番機にも、敵二機が横合いから仕掛け、二〇ミリ弾の火箭を叩き込む。

二番機の右主翼から何かが飛び散る様が見え、一番エンジンから黒煙が噴出する。

グレンは束の間、三機目の被害を予想するが、黒煙は次第に小さくなり、消える。

四番機は、被弾を免れたようだ。

機体は定位置を保ち、四基のプロペラは快調に回っている。

敵機の攻撃は、それで最後だった。

「いいぞ、奴らは追いついて来られん！」

コーズウェイが快哉を叫んだ。

敵戦闘機は、水平面での動きは機敏だが、フロートを提げているため、上昇性能は低い。ダビッドソンはそのことを見抜き、全機に上昇を命じたのだ。

高度が二万フィートに達したところで、Ｂ17が水平飛行に移る。

地上の様子をはっきり見極めるのは難しいが、照準器を通すと、飛行場らしきものが辛うじて分かる。

「目標視認」

「爆弾槽開け」

グレンの報告を受け、コーズウェイが命じた。

グレンは命令に従い、爆弾槽の扉を上げた。

空気抵抗が増大したためだろう、Ｂ17の速力が僅かに落ちる。

目標は、かなり小さい。地上付近の風も強いようだ。この高度から投弾して、命中が望めるかどうか。

照準器が、敵飛行場の中央を捉えた。

「投下！」

の叫びと共に、グレンは投下レバーを引いた。

Ｂ17が、僅かに上昇した。

爆弾槽に抱いて来たのは、五〇〇ポンド爆弾二発だ。トラックからサイパンまでは距離があるため、多くの爆弾は搭載できない。

それでも、二万フィートの高度から落下する重量二二五キロの爆弾二発は、かなり大きな爆弾孔を穿(うが)つはずだ。

　131BGのB17は、次々に投弾している。胴体下から離れた多数の爆弾が大気を裂き、眼下の飛行場に落ちてゆく。

　ほどなく、地上の複数箇所で、続けざまに爆発光が閃き、爆煙が湧き出した。

「……駄目だ」

　グレンは失敗を悟った。

「ローズ」への直撃弾は少ない。

　高度を二万フィートに上げたため、爆撃精度が落ちたのだ。

　敵の水上機は、131BGを高みへと追いやり、爆撃が失敗するよう仕向(しむ)けた形になる。

「『アロー1』より全機へ。帰還する」

　ダビッドソンの声が、レシーバーに響いた。

　グレンは、再び旋回機銃の銃把を握った。

　投弾は終わったが、自分たちはまだ敵地にいる。あの水上機が、二万フィートまで上がって来ないとの保証はない。

　サイパンから一〇〇浬以上離れるまでは、気を抜けなかった。

　131BGの長距離爆撃が失敗したとの情報は、グアム島にも伝わった。

「どうなっているんだ、いったい？」

「奴らの基地設営能力は、我が軍よりも劣るんじゃなかったのか？」

　グアム島西岸のアガニア飛行場に展開する陸軍第六航空軍(6AF)でも、オロテ半島のオロテ飛行場に駐留する第二海兵航空団(2ndMAW)でも、戦闘機クルーや整備員、設営部隊の隊員は、そんな言葉を交わし合った。

　アガニア、オロテとも、一時的に使用不能になっているが、将兵は強気(つよき)の姿勢を崩していない。

「マリアナの飛行場が使用不能になっているのは、我が軍もジャップも同じだが、回復力は全く違う。奴らの飛行場が稼働し始める前に、我が軍はアガニアとオロテを復旧させ、航空戦を開始できる。サイパンやテニアンの飛行場から、ミートボール・マークの機体が飛び立つことは永久にない」

6AFでも、2ndMAWでも、司令官は将兵にその旨を伝え、彼らもその言葉を信じていた。

B17による長距離爆撃失敗の情報は、彼らの戦意に、冷水を浴びせたようなものだった。

「ジャップの戦闘機は、どこからやって来た？」

2ndMAWで、第二一四戦闘機隊（VMF214）を率いるドナルド・ジーゲル少佐は、僚友の戦闘機隊指揮官や2ndMAWの参謀と意見を交わしている。

「空母機ではないのか？　五月一七日にグアムを襲った機動部隊が、サイパンの近くに張り付いているのでは？」

「燃料の問題を考えれば、ジャップの機動部隊が、何日もサイパン近海に留まっているとは考え難い」

「奴らの飛行場は、本当に使用不能になっているのか？　五月一七日の戦果報告に誤認があり、奴らの飛行場の損害は、軽微だったのではないか？」

そんな推測が述べられたが、どれも確証はない。

彼らに共通する不安は、

「日本軍の飛行場が、先に復旧したら」

ということだ。

零戦は強敵だが、一旦空に上がれば恐れはしない。グラマンF4F〝ワイルドキャット〟の性能を十全に活かし、立ち向かうまでだ。

だが、離陸前に攻撃を受けてはどうにもならない。

「B17を撃退したジャップの戦闘機が、グアムに来たら」

との不安を拭い去ることはできなかった。

その一方では、飛行場の工事が進められている。

アガニアでも、オロテでも、ブルドーザーがエンジンを唸らせ、滑走路や駐機場に穿たれた爆弾孔を埋め戻し、極力凹凸が生じないよう整地される。

爆撃によって破壊された付帯設備――指揮所や整備場も可能な限り建て直され、対空砲陣地にも二八ミリ、四〇ミリといった大口径機銃が、あらためて設置される。

作業は連日、夜を徹して行われ、アガニアにも、オロテにも、煌々と灯りが灯されている。

日本軍が夜間爆撃や艦砲射撃を企てているのであれば、目標を与えるようなものだが、グアム島の防衛を担当する第一海兵師団長アレクサンダー・ヴァンデグリフト少将は、

「飛行場の工事を最優先とする」

との方針を採った。

その甲斐あって、設営部隊からは、

「オロテは五月二七日に、アガニアは五月二九日に、それぞれ使用可能となる見込み」

との報告が、各隊に届けられていた。

だが、その前日――五月二六日七時四四分、けたたましい空襲警報が鳴り響いた。

「敵は、どこから来る？　サイパンか？　洋上の空母か⁉」

部下のF4Fクルーと共にオロテ飛行場にいたジーゲルは、周囲の空を見回した。

敵は、すぐには姿を見せない。どの方角からやって来るのかも分からない。

ただ、オロテ飛行場は騒然となっている。

設営部隊の隊員は、この日の作業開始を待っていたブルドーザーのエンジンを始動し、飛行場の周囲にある密林へと向かわせる。

避退が間に合いそうにないものには、敵の目を欺くため、分厚いシートカバーがかけられる。

滑走路や駐機場にいた整備員、兵器員、補給部隊の隊員等は、密林や防空壕に向かって走り出す。

「ここまで来て……！」

ジーゲルは歯ぎしりをしながら、オロテ飛行場を見つめた。

滑走路も、駐機場も、ほとんど完成している。付帯設備の中には、部品倉庫、油脂庫等、再建未了のものも残っているが、その気になれば、F4Fの出撃は可能なはずだ。

再度の爆撃を受ければ、作業は一からやり直しになる。

「駐機場から司令部へ!」

ジーゲルは格納庫脇の電話に取り付き、2ndMAW司令官ロイド・マクレリー少将を呼び出した。

「閣下、我が隊に出撃命令を! 一機でも二機でも構いません。出しましょう!」

オロテのF4Fは、五月一七日の空襲でかなりの被害を受けたが、全滅したわけではない。掩体壕や飛行場周辺の密林に、予備機が隠されている。

アガニアのP40も同様だ。

来襲した敵機の正体は不明だが、地上で一方的に蹂躙されるのは我慢ならない。

「無理を言うな、少佐。飛行場はまだ未完成だ」

「今の滑走路、駐機場の状態なら、離陸は可能なはずです」

「敵機が発見されたのは、グアムよりの方位一五度、二五浬だ。今からF4Fを出しても間に合わん」

ジーゲルは、しばし絶句した。

空襲を受けはしたが、レーダー・サイトは無傷のはずだ。接近されるまで、発見できなかったのか。

「一か八か、発進させて下さい。空襲を受ければ、飛行場が再び破壊されます。掩体壕や密林の中に隠した機体も、地上で撃破されるかもしれません。そうなれば明日どころか、永久に離陸できなくなります」

「無理に発進を試みても、敵機に撃破される。クルーを犬死にさせるわけにはいかぬ。悔しい気持ちは分かるが、自重してくれ」

「……分かりました」

憤懣やるかたない——その気持ちを抱きながらも、ジーゲルは応えた。

マクレリーの語調から、具申が容れられる可能性はないと悟ったのだ。

「貴官は部下と共に、安全な場所に避退しろ。F4Fが地上で撃破されたとしても、クルーを地上で戦死させてはならぬ」

「部下と共に、安全な場所に避退します」

復唱を返し、ジーゲルが受話器を置いたとき、オロテ半島の沖で砲声が轟いた。

哨戒艇が発砲しているようだ。艇の姿は、断崖の陰に隠れて目視できないが、立ち上る砲煙が見える。

その砲煙がかき乱され、敵機が次々と姿を現した。

「レーダーにかからなかったのは、このためか」

ジーゲルは舌打ちした。

日本機は、海面すれすれの低空からグアムに接近して来たのだ。

敵の機影が急速に拡大し、爆音が飛行場にも届く。

一見、「T」の字が飛んでいるように見えるが、胴体下にフロートを持つ水上機だ。

胴体は細く、主翼は薄い。五月一七日の空中戦で戦ったジークを思わせる。

「ジークだ」

ジーゲルは、そう直感した。

既存の機体にフロートを取り付け、水上機に手直しするケースは、各国に複数の例がある。合衆国でも、F4Fにフロートを付けた水上戦闘機を試作している。

日本軍は、水上戦闘機に改造したジークを、マリアナに送り込んで来たのだ。

敵機が、猛速で突進して来る。フロートを提げている分、ジークよりも遅いはずだが、そのことを感じさせない。

「逃げろ！」

ジーゲルは右腕を大きく振り回し、周囲に向かって怒鳴った。

自身も、格納庫の陰に身を隠した。

爆音が急速に拡大する。機銃の連射音に続いて、けたたましい破壊音が響く。

ジーゲルが隠れている格納庫の脇を、敵機がすれすれに通過する。

掩体壕がある方向からも、機銃の連射音や金属的な破壊音が聞こえて来る。

「くそったれ……！」

ジーゲルは歯ぎしりした。

何が起きているのかは、見ずとも分かる。敵機が、F4Fを銃撃しているのだ。

オロテ飛行場の復旧後は日本機を蹴散らすはずだった戦闘機が、片っ端から残骸と化してゆく。

滑走路上から、炸裂音も聞こえ始めた。

ジーゲルは格納庫の陰から頭を突き出し、滑走路上を見た。

飛来したのは、フロート付ジークだけではない。

日本機の識別表で、繰り返し覚えた三座の水上偵察機が、次々と滑走路上を航過している。

「零式水偵か！」

敵機のコード名を、ジーゲルは口にした。

合衆国のヴォートOS2U〝キングフィッシャー〟と同様の性格を持つ機体だ。

戦艦や重巡に搭載され、偵察、対潜哨戒、弾着観測等に従事する。

その機体が多数、グアムに飛来し、滑走路上に爆弾を投下している。

五〇〇ポンドクラスと思われる爆弾は、巨大な火焔と共に大量の土砂を噴き上げ、一〇〇ポンドクラスと思われる爆弾は、付帯設備の真上や、避退中のブルドーザー目がけて投下される。

直撃を受けた地上建造物は、屋根を破られ、壁や窓ガラスを破壊される。被弾したブルドーザーはひとたまりもなく爆砕され、屑鉄へと変わる。

水上偵察機とは思えないほどの破壊力だ。低空から投弾することで、命中精度を高めているのだろう。

水上機による攻撃は、ほどなく終わった。

フロート付ジークも、ジェイクも、オロテ飛行場から離脱し、北へ――サイパンがある方角へと飛び去ってゆく。

　空襲を生き延びた２ｎｄＭＡＷの将兵は、茫然(ぼうぜん)と立ち尽くしている。

　レーダーにかからぬよう、低空から来襲したフロート付ジークとジェイクの群れは、ここ数日間の設営部隊の苦心を水泡(すいほう)に帰させただけではない。

　爆弾孔の埋め戻しや整地に不可欠のブルドーザーを、何輛も破壊したのだ。

　将兵が茫然としていた時間は、ごく短い。

　点呼(てんこ)を取る声が随所で響き、負傷者の救護活動が始まる。

　大きな被害を受けたとはいえ、オロテ飛行場は健在なのだ。

　死傷者の数も、それほど多くはない。

「壊されたら、また作り直せばいい。ジャップが何度来ようが、俺たちがグアムにいる限り、何度でも飛行場を甦(よみがえ)らせ、以前よりも規模の大きな基地に仕立て上げてやる」

　設営部隊の指揮官は、部下たちを叱咤激励(しったげきれい)していた。

　――だがこのとき、グアムのレーダー・サイトは、西南西から島に接近する新たな影を捉えていた。

　ほどなく新たな空襲警報が、オロテ飛行場とアガニア飛行場で鳴り響き始めた。

2

六月二日、アメリカ太平洋艦隊司令長官ハズバンド・E・キンメル大将は、ハワイ・オアフ島の太平洋艦隊司令部に、作戦本部長ハロルド・スターク大将を迎えていた。

　平時であれば、長官室の窓からは、フォード島の近くに停泊している戦艦群や巡洋艦群を一望(いちぼう)できるが、現在、太平洋艦隊の主だった艦は、トラック環礁やマーシャル諸島のクェゼリン環礁にいる。

真珠湾にいるのは、戦闘で損傷し、修理のために帰還した艦や、オアフ島周辺の対潜哨戒に従事している駆逐艦、駆潜艇、掃海艇といった小型艦艇がほとんどであり、合衆国海軍にとって最も重要な艦隊泊地に相応しからざる眺めだった。

「思いの外、手こずっているようだな」

長官室に通されたスタークは、ソファに腰を下ろすなり言った。

「作戦の第一段階は成功を収めましたが、第二段階で躓きました」

キンメルは、苦い思いを込めて言った。

マリアナ方面における作戦は、三段階に分かれている。

第一段階では、日本軍に気づかれぬようグアムの飛行場を修理・拡張し、海兵隊航空部隊、陸軍航空隊を進出させる。

第二段階では、グアムに前進した航空隊とトラック環礁に展開する重爆撃機部隊の協同作戦によって、マリアナ諸島周辺の制空権を奪取する。

第三段階では、グアムの航空部隊や太平洋艦隊主力の支援の下、サイパン、テニアンに上陸作戦を敢行し、両島を占領する。

マリアナ諸島の制圧後は、同地を足場に、小笠原諸島、伊豆諸島、日本本土へと攻め上ってゆく。

マリアナ諸島を巡る戦いは、日本の首都東京に至る道への第一歩となるはずだったのだ。

だが五月が終わった時点で、マリアナ方面の戦況は、合衆国側が不利となっている。

現在、マリアナ諸島は飛行場の空白地帯だ。日本軍も、合衆国軍も、全ての飛行場が使用不能となっている。

合衆国は、トラックからの長距離爆撃や潜水艦による補給線攻撃によって、日本軍の飛行場設営を妨害しているが、日本軍もまた、パラオ諸島からグアムに長距離爆撃をかけると共に、トラックの間に、多数の潜水艦を展開させている。

更に厄介なのは、日本軍がサイパン島に水上戦闘機を投入したことだ。

水戦は、一定の面積を持つ静水面があれば離着水できるため、飛行場を必要としない。

しかも日本軍の水戦は火力が大きく、B17も何機かが犠牲になっている。

水上機とはいえ、日本軍だけが航空機を運用できるという有利な立場にあるのだ。

これが、六月一日時点におけるマリアナ諸島の戦況だった。

「現時点におけるマリアナの状況を一言で言うなら、飛行場の建設レースだな。先に飛行場を使用可能にこぎつけ、航空部隊を進出させた方が、マリアナにおける戦いの勝者になる」

スタークは言った。

「飛行場の設営だけなら、我が合衆国が圧倒的に有利です。我が軍の設営部隊は、日本軍の同種部隊に比べて機械化率が高く、作業スピードも問題になりません。日本軍なら一〇日かかる作業を、我が軍であれば一日で完了できます」

キンメルと共に会談に臨（のぞ）んでいる首席参謀チャールズ・マックモリス大佐が言い、キンメルが後を引き取った。

「レースの勝敗は、設営能力だけでは決まりません。いかにして敵の妨害を排除するか。あるいは、敵の作業を妨害するかにかかっております」

スタークは、意外そうな表情でキンメルに聞いた。

「このようなときこそ、太平洋艦隊主力の出番ではないのか？　戦艦部隊で艦砲射撃をかければ、日本軍の飛行場ごとき、容易に叩き潰せるはずだ。新鋭戦艦のアラバマ級を出すまでもない。三五・六センチ砲装備のペンシルヴェニア級、テネシー級で充分と考えるが」

「それは真っ先に検討しましたが、戦力が不足していると判断し、断念しました」

「戦力不足だと？ 太平洋艦隊には、合衆国海軍が保有する戦艦のほとんどを回しているのにかね？」

現時点で、太平洋艦隊の指揮下にある戦艦、巡洋戦艦は一五隻だ。

うち、戦艦五隻、巡洋戦艦一隻が修理中、もしくは改装中であるから、使用可能な戦艦、巡戦は九隻となる。

これだけの戦艦を擁していて、戦力不足とは何事(なにごと)か、と言いたげだった。

「不足しているのは空母です。現状では、艦隊の頭上を守る直衛機にも事欠く状態であり、太平洋艦隊主力の出撃には躊躇(ちゅうちょ)せざるを得ません」

対日開戦以来、空母機動部隊同士の戦闘は三回生(せい)起(き)したが、合衆国はその全てに敗北し、六隻の空母を喪失した。

現在、太平洋艦隊の指揮下にある空母は、修理が終わったばかりの「ワスプ」のみだ。

これでは、多数の空母と充実した基地航空兵力を持つ日本海軍には対抗できない、とキンメルは主張した。

「マリアナにおけるジャップの基地航空兵力は、水上機のみです。『ワスプ』一隻の艦上機で、掃討できると考えますが」

スタークに同行している作戦本部のスコット・ノートン大佐が発言した。

戦艦中心の軍備に批判的な人物だ。海軍次官のジエームズ・フォレスタルと同じ派閥(はばつ)に属している。

「マリアナで待つ敵は、基地航空隊だけではありません。太平洋艦隊の主力が出れば、日本軍も機動部隊を繰り出して来ます。パラオから、長距離爆撃を受ける可能性も考えられます」

マックモリスが反論し、キンメルが後を続けた。

「我が軍の戦艦が航空機に撃沈された戦例はないが、無力化された例は複数ある。戦艦部隊によるマリアナ攻撃は、危険が大きい」

「貴官は頑固(がんこ)ではあるが、決して気が小さい指揮官ではないと考えていたのだがな」

　スタークが首を捻った。

　緒戦におけるトラック環礁、マーシャル諸島の攻略戦では、キンメルが陣頭指揮を執っている。トラック環礁の占領後は、同地を太平洋艦隊の前進基地に定め、最前線に留まり続けた。

　これまでの実績を考えれば、キンメルらしからぬ動きだ、と言いたげだった。

「損害を顧みず、闇雲に敵地に突入するのは、ただの蛮勇です。私をどのように批判していただいても構いませんが、愚か者になるつもりはありません」

「太平洋艦隊に必要なのは、空母ということだな？」

「左様です。戦艦部隊に付き従い、艦上戦闘機によって頭上を守ってくれる、空中の騎兵隊が必要なのです」

「フォレスタルが言っていた通りだったな」

　スタークは、小さく溜息をついた。

「海軍次官が何と？」

「合衆国海軍が採っていた大艦巨砲主義は、戦艦重視というより、偏重と呼ぶべきものになっていた。その結果、空母と航空機には充分な予算を回すことができず、航空兵力を軽視することとなった。海軍行政の歪みが、アジア艦隊の敗北とフィリピンからの撤退を招いたのだ、と。アジア艦隊だけではない。太平洋艦隊にも、同じ問題が生じている」

「次官の正しさを、認めねばならないでしょうな」

　キンメルは少し考えてから応えた。

「私も大艦巨砲主義の信奉者です。戦艦こそ海軍の主力と信じ、空母と航空機などは、戦艦の手助けをするだけの存在だと考えて来ました。ですが、その手助けがなければ、どうにもなりません。現代の海軍には、空母と航空機が不可欠の存在であることを、認めねばなりません」

「かといって、今すぐに合衆国海軍の軍備を空母と航空機中心に改めることはできない。手持ちの戦力で、日本軍に打ち勝つ手段を考えなくてはならぬ」

スタークは、諄々と説くように言った。

「長官は先ほど、戦艦部隊の頭上を守る空中の騎兵隊が必要だ、とおっしゃいましたね？」

ノートンが、何かを思い出したように聞いた。キンメルは頷いた。

「確かに、そう言った」

「航空機に求めるのは、戦艦部隊の直衛ということですか？　敵空母の撃滅は、当面考えなくともよい、と？」

キンメルは、数秒間考えを巡らしてから答えた。

「敵空母を撃沈できれば上々だが、その余裕がなければ、艦隊の直衛に専心してもよい。敵機を近寄らせなければ、戦艦の威力を存分に発揮できる」

「新鋭空母の戦力化は、早くて来年後半と聞いておりましたが」

マックモリスの発言に、ノートンは答えた。

「グアムの飛行場を、完全なレベルではなくとも、戦闘機の運用が可能な程度までこぎつけられないかどうか。その策を考えましょう。それが可能であれば、空母がなくとも、戦艦部隊の頭上を守ることは可能になると考えます」

3

その艦は、英国南西部の港湾都市プリマスに勇姿を浮かべていた。

中央部には、城を思わせる形状の艦橋が屹立し、その後方に、二本の丈高い煙突がある。

主砲の配置は、やや変則的だ。

前部に、巨大な四連装砲塔とやや小ぶりな連装砲塔各一基を装備し、後部には前部のものと同じ四連装砲塔を持つ。

主砲そのものは、ニューヨーク軍縮条約以前に建造されたネルソン級戦艦よりもやや小さい。

ネルソン級が、四五口径四〇センチ主砲を装備していたのに対し、この艦の主砲は、四五口径三五・六センチ砲なのだ。

アメリカ合衆国が、ニューヨーク条約以前に多数を建造したサウス・ダコタ級戦艦、レキシントン級巡洋戦艦に比べると、見劣りすることは否めない。

その代わり、艦橋から後部指揮所にかけて、対空火器がところ狭しと装備されている。

主砲によって敵艦と交戦するより、敵機と戦い、撃墜することを主目的に建造されたのではないかと思わされるほどだ。

大英帝国海軍の最新鋭戦艦「ハウ」。

キング・ジョージ五世級戦艦の五番艦として、グラスゴーにあるフェアフィールド社の造船所で建造された艦だ。竣工後、乗員の訓練を兼ねて、プリマスに回航されている。

その「ハウ」が、視察に訪れた大英帝国首相ウィンストン・チャーチルと、海軍大臣アルバート・アレキサンダーを艦上に迎えていた。

チャーチルは案内の士官に、

「両用砲の発射間隔は、毎分何発かね？」

「レーダーによる射撃管制の精度は、光学照準と比べてどうか？」

「ポンポン砲は、発射弾量は多いが、本体が非常に重いと聞いている。いざ対空戦闘となったとき、敵機の動きに追随できるか？」

といった質問を発している。

戦艦同士の砲戦よりも、対空戦闘の能力や、被弾時のダメージ・コントロールに関する質問が多いのは、日米戦争で戦艦と航空機の戦いが何度も生起しているためであろう。

日本には、資源や技術の提供という形で協力しているイギリスだが、参戦はしていない。戦争そのものは、イギリス本土から遠く離れた太平洋上で行われている。

それでも、この戦争から得られる数々の戦訓は、将来の海軍軍備に大きく影響すると考えられており、イギリス海軍は東京やワシントンのイギリス大使館付武官、シンガポールにある東洋艦隊司令部等を通じて、情報の収集に余念（よねん）がなかった。

一通り艦内を見て回った後、チャーチルはアレキサンダーと共に、「ハウ」の長官公室に通された。運ばれて来た紅茶を一口すすって、チャーチルは言った。

「本艦が、我が国が竣工させる最後の戦艦になるだろうな」

「私も、首相閣下と同じ考えです」

アレキサンダーは頷いた。

海軍大臣は、海軍の建艦計画全てを把握（はあく）する立場にあり、来年以降の計画についても熟知（じゅくち）している。戦艦の建造計画は、「ハウ」を以（もっ）て打ち止めとなっており、新規の建造計画はない。

来年以降、艦艇の建造計画は、空母と巡洋艦、駆逐艦が中心だ。

「パウンド（ダドリー・パウンド大将。海軍軍令部長）は、今後、海軍の主力は空母と航空機に移行し、戦艦の役割は空母の護衛や上陸作戦時の対地射撃が中心になるだろうと言っていたが、貴官も同じ考えかね？」

「日米戦争の経過を見れば、そのように考えざるを得ません」

日米戦争、特に海軍の戦いは、航空主兵思想を選んだ日本海軍と、大艦巨砲主義を推し進めたアメリカ海軍が真っ向からぶつかる形となった。

戦いが始まる前は、戦艦の戦力で圧倒的に優勢なアメリカ海軍が、容易く日本海軍を打ち破ると考えられていたが、結果は逆になっている。

日本海軍の航空機は、戦艦の主砲が届かない遠方から発進して、一方的にアメリカ軍の戦艦を叩き、大きな損害を与えているのだ。

四月二五日のサイパン沖海戦では、アメリカの巡洋戦艦部隊が日本軍の空母を追い詰めたが、イギリス海軍の軍令部は同海戦について、

「例外的な戦いであり、滅多に起こるものではない。通常は、戦艦が接近する前に空母が遁走するか、遠距離からの航空攻撃で叩くはずである」

　と評価している。

　海軍省でも、軍令部でも、航空主兵思想こそが今後の海軍の主流となるべき戦術思想であり、戦艦は脇役に回るべきだ、との意見が有力になりつつあった。

「しかし、航空機が戦艦を撃沈した戦例は未だにないようだが」

「無力化され、以後の作戦続行が不可能となれば、戦艦の敗北と見なすべきです」

「必ずしも、沈めなくともよい、か」

「作戦の勝利条件は『作戦目的の達成』です。作戦に貢献できなくなった戦艦は、以後は無用となりますから」

「今にして思うと、キング・ジョージ五世級戦艦も二隻か三隻で打ち止めにしておくべきだったな。『ハウ』の艦上で、『この艦は建造すべきではなかった』と語るのも、おかしな話だが」

　チャーチルは苦笑した。

　キング・ジョージ五世級戦艦の建造について、賛否両論があったことは、チャーチルも覚えている。

「アメリカ海軍のサウス・ダコタ級、レキシントン級に対抗できない戦艦など、建造する意味がない。戦艦を新造するなら、主砲は四〇センチとするべき」

「航空機の性能は、前大戦時に比べて著しく向上しており、将来は必ず戦艦を脅かす存在になる。盟邦日本に倣い、今後は空母と航空機を主力とするべきではないか」

「キング・ジョージ五世級戦艦には、大英帝国海軍の象徴としての意味があるが、そのような艦は五隻も要らない。二隻程度にして、他の三隻は、艦体を空母に転用すべきだ」

　海軍省でも、軍令部でも、これらの意見が出され、議論が戦わされた他、議会でも予算の承認を巡って紛糾した。

だが、最終的にキング・ジョージ五世級戦艦五隻の建造は、海軍省でも議会でも承認され、一番艦「キング・ジョージ五世」から五番艦「ハウ」までが、海上に浮かんだのだ。

「キング・ジョージ五世級の建造が始まったとき、まだ戦艦に対する航空機の優位性は実証されていませんでした。致し方がなかったと言えるでしょう。また、我が大英帝国の仮想敵は、アメリカだけではありませんから」

アレキサンダーは、チャーチルに応えた。

イギリスは、ヨーロッパでは最強の海軍力を誇るが、他にも無視できない海軍力を持つ国が存在する。

前大戦時の主敵だったドイツは軍備を厳しく制限され、イギリスの脅威にはならないが、フランス、イタリアの両国は、軍縮条約明け後に三八センチ主砲を装備する新鋭戦艦を次々と竣工させている。

現在、フランス、イタリア両国は、イギリスとは敵対関係にないが、将来、ヨーロッパの情勢がどのように変化するかは分からない。

キング・ジョージ五世級戦艦五隻の建造は、フランス、イタリアがイギリスと対立した場合に備える目的があったのだ。

「海軍大臣としましては、フランス、イタリアはともかく、アメリカが頑固に大艦巨砲主義を守り続けていることが意外でした。かの国は思考が柔軟であり、変わり身も早いと考えていたのですが」

アレキサンダーの言葉に、チャーチルは応えた。

「パウンドも、同じことを言っていた。アメリカの性格であれば、すぐにでも航空主兵に転換すると思っていた、と。ところが、そのような動きは全く見られない」

「ワシントンの大使館付武官が届けた情報ですが、アメリカは従来の艦とは一線を画した強力な新鋭戦艦の準備を進めているとのことです」

「新鋭戦艦とは、アラバマ級のことかね？　あの艦は、パラオ諸島沖の海戦で日本戦艦に敗北したと聞くが」

「いえ、アラバマ級よりも遥かに強力な艦だそうです。詳細は不明ですが、従来のアメリカ戦艦にあったパナマ運河の通行制限に囚われないとか」

「ほう、パナマ運河をな」

チャーチルは、世界の海上交通における要所の名を口にした。

パナマ運河は閘門の都合上、通行できる艦船の最大幅が三三メートルに制限されている。

この制限は、アメリカ海軍の軍艦の性能に対する枷となっており、戦艦に搭載可能な主砲の口径は、最大四〇センチまでとされているのだ。

その制限を敢えて無視するとなると――。

「相当に巨大な艦なのだろうな。搭載する主砲も」

「詳細は極秘とのことで、はっきりとは分かりません。武官には、引き続き調査を命じております」

「いいだろう。もう少し、詳しいことが分かったら報告してくれ。ところで、東京の大使館付武官から新しい報告は届いていないかね？　日本の盟邦としては、戦局が気になるところだ」

「目下のところは、マリアナ諸島が攻防の焦点になっている、との報告が届いています。双方共に、敵の飛行場と補給線に対する攻撃を繰り返しているとのことです」

チャーチルは、脳裏に太平洋の地図を思い浮かべた。

マリアナ諸島は、日本の表玄関とも呼ぶべき戦略上の要衝だ。ここが陥落するようなことになれば、アメリカ軍は勢いに乗って、日本本土まで一挙に攻め込む可能性がある。

そうなれば、日本との同盟関係を維持してきたイギリスの選択も裏目に出る。

「日本は、マリアナ諸島を持ち堪えられるかね？」

「その点につきましては、大使館付武官にも判断できかねるとのことです。予断は許さない、と」

チャーチルは、しばし考えを巡らした。

マリアナ諸島陥落という事態に立ち至った場合、盟邦としては、日本にアメリカとの講和を勧めるべきかもしれない。

日本本土までアメリカ軍が押し寄せ、トーキョーが爆撃を受けたり、沿岸部の諸都市が艦砲射撃を受けたりするようになれば、日本は破局を迎える。

講和のための条件が厳しくとも、日本全土を焦土にされるよりはましな選択になるはずだ。

逆に、日本軍が米軍を撃退し、グアムを攻略する可能性も考えられる。

そのときには、イギリスはアメリカに対する外交攻勢を強め、日本との講和実現に向けて尽力すべきだろう。

改まった口調で、チャーチルは言った。

「我が大英帝国も、マリアナ諸島の戦いの結果次第で、重大な選択を迫られるかもしれぬ。日本とアメリカ、双方の大使館付武官に、従来以上に詳細な情報を送るよう伝えて貰いたい」

第四章　甦る脅威

1

八月二六日、一群の米軍艦船が、トラック環礁からグアム島に向かっていた。

軽巡や駆逐艦を改装した高速輸送艦一二隻が二列の複縦陣(ふくじゅうじん)を組み、左右を五隻ずつの駆逐艦が固めている。

アメリカ合衆国海軍第一〇九任務部隊(TF109)。

グアムに補給物資を運ぶ、高速輸送艦部隊だ。

高速輸送艦のうち、隊列の後方に位置する四隻は、他の艦より大きい。後甲板には、ブルドーザーや大型トラックが積まれている。

それらの一艦――「ローリー」の艦橋に、通信室から報告が上げられた。

「『フレッチャー』より通信。対空レーダーに反応。方位二五〇度、距離六〇浬」

「来たか、ジャップめ」

「ローリー」艦長ジョセフ・マーフィ大佐は、音を立てて舌打ちした。

「ローリー」を始めとする各艦の通信室が、敵潜水艦のものとおぼしき通信波を捉えたのは、現地時間の一一時二一分だ。

日本軍の潜水艦は、船団に対する直接攻撃よりも、偵察を主任務としている。

自ら雷撃を仕掛けるのではなく、グアムに向かう船団の位置、針路、速度等を、友軍に伝えるのだ。

現在の時刻は一五時三三分。

通信波をキャッチしてからの経過時間と、目標の方位から考えて、パラオ諸島の日本機に違いない。

グアムを巡る戦いが本格化して以来、パラオの日本機には、グアムの友軍飛行場や、同島に物資を運ぶ輸送船が度々(たびたび)襲われている。

これまでに、五〇隻以上の輸送船と二〇万トン以上の補給物資が海没し、海兵隊航空部隊のオロテ飛行場も、陸軍航空隊のアガニア飛行場も、作業の停滞を強いられて来たのだ。

その敵機が、今またTF109に襲いかかろうとしている。

物資輸送に当たるのは、ローリー級高速輸送艦四隻とマンリー級高速輸送艦八隻だ。

ローリー級は旧式軽巡のオマハ級を、マンリー級は前大戦中に量産された平甲板型駆逐艦を、それぞれ改装した艦で、緒戦のマーシャル諸島、トラック環礁の攻略作戦で活躍した実績を持つ。

「ローリー」はオマハ級の四番艦だが、同艦が最初に改装を受けたことから、「ローリー」がクラス名に定められた。

ローリー級、マンリー級がグアムへの輸送任務に投入されたのは、輸送船の被害が相次いだためだ。

通常の輸送船では速力が小さいことに加え、防御力も弱いため、航空攻撃や潜水艦の雷撃で、容易く撃沈されてしまう。

グアムへの入港を目前にした輸送船が、守備隊将兵の目の前で撃沈された例もある。

このため、足が速く、自衛能力が高い軽巡、駆逐艦改装の高速輸送艦が、グアムに補給物資や土木機材を運ぶことになったのだ。

ローリー級はマンリー級よりも輸送力が大きく、大型の土木機材の輸送に適している。グアムの設営部隊が、心待ちにしている機材だ。

だがTF109の西南西からは、敵機が迫っている。合衆国の戦艦群に大損害を与えた九六陸攻や一式陸攻の攻撃を、旧式の軽巡と駆逐艦を改装した輸送艦と駆逐艦一〇隻がどこまで凌げるか。

「『ブルー1』より全艦。対空戦闘準備」

「対空戦闘準備！」

旗艦「シンシナティ」より全艦に命令が飛び、マーフィも「ローリー」の全乗員に下令する。

四八二名の乗員が、各々の配置に向けて動き出す。

上甲板や艦内の通路を駆け抜ける靴音が響き、命令と復唱の声が随所で上がる。

両用砲、機銃の要員は、砲座、機銃座に取り付いて、発砲準備を整える。

「ローリー」は高速輸送艦への改装を受けたとき、航空兵装や魚雷発射管まで含めて後部の兵装を撤去し、貨物や兵員の運搬スペースに充てたが、対空兵装については強化を図っている。

現在の兵装は、一五・二センチ連装砲一基、同単装砲二基、七・六センチ単装両用砲八基、二八ミリ四連装機銃四基だ。

一五・二センチ砲を除く全ての火器が最大仰角をかけ、天を睨んでいる。

「『フレッチャー』より通信。敵の位置、当隊よりの方位二三〇度、四〇浬」

通信室が、新たな報告を上げる。

護衛駆逐艦一〇隻のうち、五隻は最新鋭のフレッチャー級であり、最新式の対空レーダーを装備している。

その一艦が、敵機の動きを報告しているのだ。

「敵が直進すれば、我が隊の後方を通過します」

「敵潜が打電してから、四時間以上経っているからな」

航海長ジム・バーナード少佐の言葉を受け、マーフィは応えた。

TF109は速力一六ノットでグアム島を目指しており、四時間の間に六四浬を移動する。

日本軍の指揮官も、TF109の移動を計算に入れて、部隊を誘導するであろうが、高速輸送艦と駆逐艦を合わせて二三隻の艦隊も、洋上では小さな点に過ぎない。

敵潜水艦に発見され、無電を打たれたにも関わらず、日本機に発見されることなく、逃げ切りに成功した船団もある。

自分たちも日本機に発見されることなく、グアムに逃げ込めないか――と、マーフィは期待した。

だが――。

「『フレッチャー』より報告。敵編隊、当隊よりの

アメリカ海軍 APCL-7 輸送艦「ローリー」

全長	169.3m
最大幅	16.8m
基準排水量	7,100トン
主機	ギヤードタービン 4基／4軸
出力	90,000馬力
速力	33.8ノット
兵装	15.2cm 53口径 連装砲 1基 2門
	15.2cm 53口径 単装砲 2門
	7.6cm 50口径 単装両用砲 8門
	28mm 4連装機銃 4基
貨物積載量	140トン
乗員数	482名
同型艦	APCL-6 シンシナティ、APCL-11 トレントン、APCL-12 マーブルヘッド

アメリカ海軍が運用する高速輸送艦、ローリー級の１番艦。本級は1918年から1925年にかけて10隻建造された旧式軽巡洋艦オマハ級のうち、本艦を含めた４隻を改装して高速輸送艦としたものである。後部の15.2センチ連装砲、単装砲は魚雷発射管、航空兵装とともに撤去され、物資の積載スペースとなっている。その一方で対空兵装は強化され、敵機からの攻撃に備えている。

日本軍の攻勢にさらされるグアム島に対し、アメリカ海軍は従来の輸送艦を用いて補給を行っていたが、日本軍の航空機や潜水艦による攻撃での損害が続出したため、速力もあり自衛戦闘も行える高速輸送艦を用いることになった。本艦は140トンの貨物を積載しつつ、33.8ノットの高速力を発揮することができ、物資搬送に大きく貢献すると期待されている。

方位一五〇度、三五浬地点で三三〇度に変針」

「来るぞ！」

通信室から届けられた報告を受け、マーフィは叫んだ。

敵はTF109の後方を一旦通過したが、その後は変針し、追いすがって来たのだ。

一五分ほどが経過したとき、

「左一六〇度に敵機（ボギー）。機数、約四〇。高度一万フィート（約三〇〇〇メートル）。機種はベティ」

「ローリー」の艦橋に、後部見張員から報告が上げられた。

「水平爆撃か？　雷撃か？」

マーフィは、自分自身に問いかけるように呟いた。

願わくば、水平爆撃であってくれ、と祈った。

水平爆撃は命中率が小さいことに加え、沈没するほどの被害を受ける可能性は小さい。

だが雷撃の破壊力は、水平爆撃のそれとは比較にならない。旧式艦を改装したローリー級、マンリー級に魚雷が命中すれば、轟沈（ごうちん）することにもなりかねない。

水平爆撃であってくれ、とマーフィは望んだが――。

「敵機、二隊に分離。左右に回り込みます！」

「雷撃か！」

後部見張員の報告を受け、マーフィは舌打ちした。

考え得る限りの最悪の事態が、現実になった。

約四〇機のベティが、雷撃を敢行しようとしているのだ。

「艦長より砲術。ベティは雷撃をかけようとしている。両用砲、機銃とも、低空を狙え」

「両用砲、機銃とも、低空を狙います」

マーフィの命令を受け、砲術長カール・スタイガー少佐がドイツ訛（なま）りの英語で復唱した。

前方を行くローリー級の姉妹艦「トレントン」「マーブルヘッド」が、両用砲、機銃を水平に近い角度まで倒す。

艦橋からは直接目視できないが、「ローリー」の両用砲、機銃も、砲身、銃身を倒しているはずだ。

「主に、左舷側が目標になるな」

マーフィは、隊列を見て呟いた。

「ローリー」は、左列の最後尾だ。ベティは、左舷側を狙って来るはずだ。

爆音が後方から近づき、ベティの編隊が視界内に入る。

葉巻(はまき)型の胴体と、幅広く長い主翼を持つ双発の爆撃機が、左右に回り込みつつ、低空へと舞い降りる。

隊列の左を固める第八六駆逐隊(DDG86)の五隻が、いち早く対空射撃を開始した。

艦上に砲煙が湧き出し、艦の後方に流れ、下腹にこたえるような砲声が届く。

右側を固める第八九駆逐隊(DDG89)も、砲撃を開始する。

左右合計一〇隻の駆逐艦が、砲声を間断なく轟かせ、海面すれすれの低空で、一二・七センチ砲弾が炸裂する。

「ベティ一機、いや二機撃墜！」

艦橋見張員が、歓声混じりの報告を上げる。

DDG86の五番艦「オバノン」の後方に、飛沫が上がる様子が見える。たった今撃墜したベティであろう。

「その調子だ」

マーフィはほくそ笑(え)んだ。

DDG86は、フレッチャー級五隻で編成されている。それまでの主力だったリヴァモア級、ベンソン級よりも対空火力が強化され、電測兵装も新しい。

その新鋭艦が、左舷側からの突入を図るベティに猛射を浴びせているのだ。

また一機のベティが火を噴く。燃料タンクに引火したのか、海面付近に巨大な火焰が湧き出し、機体は瞬時にばらばらになる。

僚機の墜落を目の当たりにしても、ベティは突撃を止めない。どの機体も海面すれすれまで高度を下げ、隊列の左方から突き進んで来る。

航空機というより、波間から獲物を狙う鮫を思わせる動きだった。

フレッチャー級の艦上から火箭が飛ぶ。二八ミリ四連装機銃が、掃射を開始したのだ。

破壊力は、零戦が装備する二〇ミリ機銃より大きい。ベティ程度の機体なら、数発の命中でばらばらになる。

一機が被弾し、炎を引きずりながら海面に突っ込んだが、残りは二八ミリ弾の猛射をかいくぐり、海面を這うようにして突っ込んで来る。

「ジム、取舵一杯!」

マーフィはバーナードに命じた。

全機は防ぎ切れない。回避運動によって、魚雷をかわすのだ。

「アイアイサー、取舵一杯」

バーナードが復唱を返し、操舵室に下令する。

「ローリー」は、すぐには艦首を振らない。これまで通り、直進を続けている。

戦艦や空母に比べれば基準排水量が小さく、舵の利きも良好だが、後部に積み荷を満載しているため、回頭が始まるまでに時間を要するのだ。

艦首が振られる前に、ベティがDDG86を突破した。

四番艦「ラ・ヴァレット」と五番艦「オバノン」の間を一機が、「オバノン」の後方を二機が抜け、「ローリー」に向かって来た。

ベティの後方から、「ラ・ヴァレット」と「オバノン」が火箭を浴びせる。一機が被弾し、燃えながら海面に激突する。

「ローリー」も自らを守るべく、七・六センチ両用砲、二八ミリ四連装機銃を撃ち始める。

砲声と機銃の連射音が一つに響き合わさり、海面付近で立て続けに爆発が起こる。

無数の曳痕が殺到し、吹雪さながらの勢いで、ベティの正面から襲いかかる。

それらが、ベティを捉えることはなかった。

アメリカ海軍 DD-445 駆逐艦「フレッチャー」

全長	114.8m
最大幅	12.0m
基準排水量	2,100トン
主機	蒸気タービン 2基／2軸
出力	60,000馬力
速力	36.5ノット
兵装	12.7cm 38口径 単装砲 5門 28mm 4連装機銃 1基 12.7mm 単装機銃 2丁 53.3cm 5連装魚雷発射管 2基 爆雷投下軌条 2基
乗員数	322名
同型艦	DD-448 ラ・ヴァレット、DD-449 ニコラス、DD-450 オバノン、DD-446 ラドフォード、DD-447 ジェンキンス以後、建造中。

アメリカ海軍の最新鋭駆逐艦フレッチャー級の１番艦。

これまでの米海軍の駆逐艦に比べ、航洋性能、航続性能、武装を大幅に強化したため、基準排水量2,000トンを上回る大型艦となった。これは戦艦を中心に軍戦備を行う米海軍において、駆逐艦は建造数が限られるため、個艦性能を重視する必要があったと考えられている。

主砲は前級と同様、５インチ単装砲５門だが、新たに28ミリ４連装機銃１基を搭載するなど対空火力を増強している。また、対空レーダーを当初より装備しており、敵機の来襲を早期に発見できる。

本艦は1942年６月30日に竣工し、慣熟訓練を経て、７月末にトラック環礁に配属されている。

葉巻型の胴体の下から、細長いものが海面に落下する様がはっきり見えた。

「まだ舵は利かぬか⁉」

マーフィは、焦慮に駆られて叫んだ。

魚雷二本が、既に航走を始めている。このままでは、「ローリー」は下腹を食い破られる。

雷跡が見え始めたとき、「ローリー」の艦首が左に振られた。

艦は二本の魚雷の間に割り込むようにして、左へ左へと回ってゆく。

マーフィは、雷跡を凝視(ぎょうし)した。

魚雷の動きは速い。急速に、艦との距離を詰めて来る。白い航跡は、白刃(はくじん)のような不気味さを感じさせる。

「総員、衝撃に備えろ！」

マーフィが全乗員に下令したとき、雷跡が艦首の陰に消えた。

被雷を覚悟し、マーフィが両足を踏ん張ったとき、

「右の雷跡、後方に抜けました！」

「左の雷跡、通過！」

見張員の報告が艦橋に届いた。

「オーケイ……！」

マーフィはバーナードと頷き合った。

ブルドーザー二輛の他、滑走路や付帯設備用の資材も積載量の上限近くまで積んだ状態で、「ローリー」は辛(から)くもベティの雷撃を回避したのだ。

「『ストリングハム』被雷！」

悲報が、唐突に飛び込んだ。

報告する声に、巨大な炸裂音が重なった。

「被害艦の状況報せ！」

マーフィは、大声で命じた。

僚艦の状況報告よりも、新たな悲報が先に届く。

「『グレゴリー』被雷！　機関停止の模様！」

報告を追いかけるようにして、魚雷の炸裂音が伝わって来る。

他艦は、「ローリー」ほど幸運ではなかった。

高速輸送艦一二隻のうち、マンリー級二隻が被雷したのだ。

回頭に伴い、被雷した艦が視界に入って来る。

旧式駆逐艦を改装した高速輸送艦二隻が黒煙を噴き上げ、その場に停止している。

「無傷とはいかなかったか……」

マーフィは呻き声を漏らした。

軽巡、駆逐艦を改装した高速輸送艦でも、ベティの雷撃をかわし切ることはできなかったのだ。

唯一の救いは、マンリー級二隻の積み荷が比較的優先順位の低いものであることだ。

「ストリングハム」「グレゴリー」は、共に兵舎、部品倉庫等、付帯設備用の資材を積んでいた。

それらの喪失は、痛手ではあるものの、致命的な事態をもたらすわけではない。

飛行場にとって最も重要なものは滑走路だ。

その建設に欠かせない土木機材や有孔鉄板は失われていない。

「『ブルー1』より全艦。『メイコム』『フォレスト』は『ストリングハム』『グレゴリー』の乗員救助。他艦は、このままグアムに向かう」

旗艦「シンシナティ」から、新たな命令が送られた。

「航海長、針路三一五度。両舷前進中速」

マーフィはバーナードに命じた。

TF109は、被雷したマンリー級二隻と、乗員救助を命じられた駆逐艦二隻をその場に残し、一〇ノットの艦隊速力で、グアムに向かって動き始めた。

2

サイパン島西岸のタナバク港に、艦艇の入港を告げるラッパの音が鳴り響いた。

水上機母艦「瑞穂」は、速力を二ノットにまで落とし、ゆっくりと入港した。

時刻は、一六時四九分。五〇分以内には、日没が訪れる。

太陽は西の水平線に近づき、島の西側に広がる海面も、港内の水面も、茜色に染まっていた。

港の入り口では、内地からサイパンまで付き従って来た第一一駆逐隊の吹雪型駆逐艦四隻が、第八艦隊隷下の第五駆逐隊や、駆潜艇、哨戒艇と共に目を光らせている。

「入港すれば安全、とは言い切れないか」

「瑞穂」艦長大熊譲大佐は、港外の駆逐艦や駆潜艇の動きを見ながら呟いた。

内地からサイパンに到着するまでの間に、「瑞穂」は五回に亘って敵潜水艦の触接を受け、三度の雷撃を受けている。

昼間は、搭載している零式水上偵察機が常時空中哨戒に当たり、敵潜を寄せ付けなかったが、敵は航空機が活動できない夜間を狙って、雷撃をかけて来たのだ。

「瑞穂」は魚雷の回避に成功したが、サイパンに到着したからといって、安心はできない。

隙を見て港内に侵入し、魚雷を撃ち込んで来るぐらいのことは、やってのけそうな気がする。

敵潜水艦の襲撃には、そんなことを思わせるだけの粘っこさがあった。

「面舵一杯。水上機基地に艦首を向けろ」

「面舵一杯。水上機基地に艦首を向けます」

航海長柳田亘中佐が、大熊の命令を復唱し、操舵室に指示を伝えた。

「瑞穂」は微速で前進しつつ、艦首を大きく右に振った。

タナバク港の港湾施設や桟橋が左に流れ、水上機の基地が正面に来る。

桟橋には、第五根拠地隊に所属する九四式水上偵察機、零式水上偵察機の他、多数の二式水上戦闘機が係留されている。

島嶼における制空権の奪取を目的として、中島飛行機が昨年末より「水上一号戦闘機」の仮称で開発した機体だ。

日本軍が島嶼を占領した場合、あるいは島嶼の飛行場を敵の空襲や艦砲射撃によって破壊された場合、同地に進出して、飛行場が完成するまでの間、防空に当たるのだ。

「水上一号戦闘機」は、零戦の初期型である一一型にフロートを装備させ、水上機に仕立てる形で開発が進められ、「二式水上戦闘機」の名で制式採用された。

部隊の編成と搭乗員の訓練は、四月より開始され、五月末よりサイパンに派遣された。

以後、二式水戦は防空戦闘だけではなく、零式水偵と協同でグアムの敵飛行場を攻撃し、痛打を与えて来た。

飛行場が完成するまでの繋ぎの役割を果たして来たのだ。

この日、「瑞穂」が内地からサイパンに運んで来たのも、増援の二式水戦一八機とその搭乗員だった。

「停止。後進微速」

艦が桟橋に近づいたところで、大熊は命じた。

推進軸が逆回転し、「瑞穂」は大きく身を震わせながら、その場に停止した。

揚錨機が回転し、錨が降ろされる。

「作業始め！」

大熊が命じるや、飛行長岩尾正次少佐の指揮の下、二式水戦が揚収機によって、一機ずつ港内の水面に吊り下ろされ始めた。

零式水偵や零式観測機であれば、射出機による発艦が可能だが、二式水戦の元になった零戦は、射出機による発進の衝撃に耐えられないため、揚収機で吊り下ろす以外にないのだ。

「空の要塞」の異名を取るB17とも渡り合える水上戦闘機の弱点だった。

「艦長、八艦隊の首席参謀がお見えです」

艦長付の伊川幹生一等水兵が報告した。

振り返った大熊の目に、直立不動の姿勢を取って敬礼する第八艦隊首席参謀神重徳大佐の姿が映った。

両目の下に隈が目立ち、疲労の色が濃い。

　本来は、積極果敢で強気の作戦指導に定評がある人物だ。堅守を旨とする任務は、性に合わないのかもしれない。

「増援部隊を運んでいただいたことに感謝します、大熊艦長。長官からも、よろしく伝えて欲しいとのことでした」

　神は疲労を押し殺すように、落ち着いた口調で挨拶した。

　階級は同じ大佐だが、先任順位は大熊が上であるため、話し方は丁寧だ。

「八艦隊将兵の奮闘には、敬意を抱いております。ただ……水戦による防空戦闘は、あくまで繋ぎだと考えます。敵がグアムの飛行場を完成させ、戦闘機隊を大挙進出させて来れば、二式水戦では対抗できますまい。サイパン、テニアンの飛行場を、グアムの敵飛行場より先に完成させ得る見通しはあるのですか？」

　大熊は答礼を返し、気にかかっていたことを聞いた。

　今日は、昭和一七年八月三〇日。

　マリアナ諸島が飛行場の空白地帯になってから、三ヶ月余りが経過している。

　この間、両軍は共に飛行場の設営作業に力を尽くす一方、敵飛行場を攻撃し続けた。

　結果、マリアナ諸島には使用可能な飛行場が存在しないという状況が、三ヶ月以上も続いているのだ。

　連合艦隊は「瑞穂」の他、三隻の水上機母艦「日進」「千歳」「千代田」を輪番でサイパンに派遣し、水上機の増援を送り込むことで、第八艦隊を支援して来た。

　今のところは、日本側が優位に立っているが、それは水上機の大量投入という奇策に頼ってのものだ。

　グアムの敵飛行場が稼働し始めれば、容易くひっくり返されることは目に見えている。

日本海軍 水上機母艦「瑞穂」

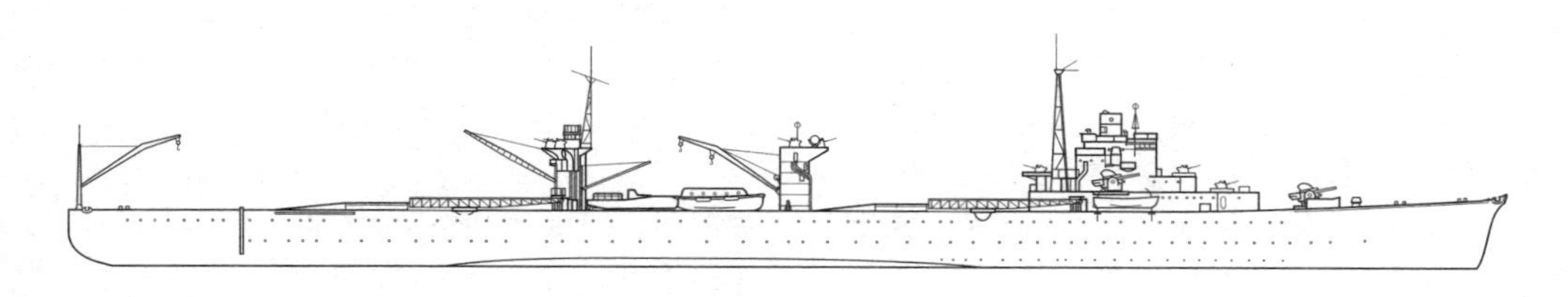

全長	192.5m
最大幅	20.0m
基準排水量	10,929トン
主機	11号8型 ディーゼル 4基／2軸
出力	15,200馬力
速力	22.0ノット
兵装	12.7cm 40口径 連装高角砲 3基 6門 25mm 連装機銃 10基
航空兵装	水上偵察機 常用24機／補用 8機 射出機 4基
乗員数	689名
同型艦	なし

日本海軍が建造した水上機母艦。有事の際は「甲標的」の母艦に改造する計画だったが、今次大戦において甲標的の活躍できる局面は少なかった。その一方で、島嶼戦に投入された水上戦闘機がめざましい活躍を見せていることから、本艦は水上機母艦のまま前線へ水上機を搬送する任務に従事している。

日本海軍の艦艇としては珍しく、ディーゼル機関のみを搭載しているが、竣工直後は機関に故障が頻発し、慣熟訓練にも支障を来していた。そこで艦政本部は盟邦英国に支援を要請。英国技術者の助言により本来の性能を発揮できるようになった。

日本側がマリアナの攻防戦で最終的に勝利を収めるには、米軍よりも先に、飛行場を使用可能とする以外にないが――。

「マリアナの戦いが、堂々巡りのいたちごっこになっていることは否めません」

神は、疲れたような口調で大熊の問いに答えた。

「あと一息というところまで来ると、必ずB17が来襲し、滑走路や駐機場に爆弾を落として行きます。高高度からの水平爆撃であるため、命中率は低いのですが、一発でも滑走路に落下すると、大きな孔を穿たれ、作業はやり直しとなります。この三ヶ月間、その繰り返しです」

「ゴンベが種まきゃ烏がほじくる、の典型ですな」

「おっしゃる通りです。B17というのは、実にたちの悪い大鳥です。設営部隊の将兵や軍属の作業員は、よくやってくれていると思うのですが」

神は小さく笑い、改まった口調で言った。

「八艦隊としましては、粘り勝ちになることを信じるだけです。幸い、サイパン北部のパナデル飛行場と、テニアンの北飛行場は、あと三日ほどで戦闘機の離着陸が可能になるところまで来ています。B17の爆撃による被害が小さいもので済むようなら、光明が見えて来ます」

「三日、ですか」

神の言葉を、大熊は反芻した。

「瑞穂」は五日後、九月三日に内地に帰還する予定になっている。

「瑞穂」が母港に戻る頃には、サイパンの戦局は日本有利となっているかもしれない。

「一水上機母艦の艦長としましては、八艦隊の健闘を祈るだけです。――水上機の輸送任務は、今後も可能な限り、実施していきたいと考えますが」

「よろしくお願いします。――ところで本艦は、二式水戦を下ろしたら、すぐに出港の予定ですか?」

「明日の夜明けを待ちます」

神の問いに、大熊は即答した。

タナバクに入港し、作業を進める内に、周囲はすっかり暗くなっている。

太陽は、まだ西の水平線に一部を覗かせているが、日没まではあまり時間がない。

港外に敵潜水艦が待ち構えている可能性があることを考えれば、日没後の出港は危険だ。

「賢明な御判断です。港外の哨戒は、八艦隊隷下の駆潜艇や哨戒艇が行いますので御安心下さい」

神はそう言って、「瑞穂」を後にした。

だがこの日の夜半、大熊以下の「瑞穂」乗員は、タナバク港が決して安全ではなかったことを思い知らされることとなった。

二二時五一分、不吉な響きを持つ警報が艦外から聞こえ始めたのだ。

この時点で、「瑞穂」は水上機基地から離れ、タナバク港の中央付近に投錨している。港や、その南にあるガラパンの市街地を一望できる位置だ。

「八艦隊司令部より緊急信！『対空用電探、感三。〈サイパン〉ヨリノ方位一四〇度、六〇浬。二二五一』」

「夜間爆撃か！」

通信長人吉浩蔵少佐の報告を受けた大熊は、柳田航海長と顔を見合わせた。

米軍は、昼間の強襲では二式水戦の迎撃を受けると睨み、夜間攻撃をかけて来たのだ。

「艦長、港外に出ましょう！」

柳田が、強い語調で具申した。

B17の爆撃目標は飛行場である可能性が高いが、タナバク港が攻撃されないとも限らない。

柳田は、そのように思考を巡らしたのだろう。

だが、大熊はかぶりを振った。

「本艦は、港内で待機を続ける。下手に港外に出れば、敵潜水艦の攻撃を受ける危険がある。港内に留まった方が安全だ」

「高高度から投下される爆弾は、落下速度が大きく、被弾時の損害が大きくなる危険があります。避退した方が安全と考えますが」

「水平爆撃の命中率は、さほど高いものではない。しかも、今は夜間だ。ここは、被弾を免れる可能性に賭けたい。万一、被弾したとしても、魚雷に下腹を抉られるよりは被害が小さいだろう」

「……分かりました」

柳田は、一礼して引き下がった。

大熊の主張に全面的に同意したわけではないが、艦長が決めた以上止むを得ぬ、と言いたげだった。

「艦長より砲術、敵機を撃てるか？」

大熊は、射撃指揮所に詰めている砲術長田川正之少佐を呼び出した。

「瑞穂」の兵装は、一二・七センチ連装高角砲三基、二五ミリ連装機銃一〇基だ。

高空から飛来するB17に機銃は役に立たないが、六門の高角砲なら一矢を報いることができる。

「砲撃は可能です」

「よし、高角砲射撃準備。目標、サイパンに接近中の敵重爆。発射の時機判断は任せる」

「目標、サイパンに接近中の敵重爆。高角砲、射撃準備します。発射の時機は、こちらで判断します」

田川の復唱を確認して、大熊は受話器を置いた。

タナバク港やガラパンの市街地では、灯火が次々と消されている。

島全体が灯火管制下に入っているのだ。

飛行場周辺に設けられている対空砲陣地では、砲身に大仰角がかけられ、砲口が夜空を睨んでいるであろう。

二三時一〇分、闇の彼方から、重々しい爆音が聞こえて来た。

「あれがB17の爆音か」

大熊は呟いた。

「瑞穂」は開戦以来、専ら水上機を始めとする物資の輸送任務や、後方での対潜哨戒に従事していたため、B17と遭遇したことはない。

大熊を始めとする六八九名の乗員にとっては、初めて耳にする音だ。

耳に馴染んだ零式水偵や零戦、一式陸攻のそれとは、明らかに違う。空そのものが、頭上からのしかかって来るように感じられた。

遠方から、砲声が伝わって来た。若干の間を置いて、炸裂音も届いた。

アスリート飛行場の周辺で、対空砲陣地が砲撃を開始したのだ。

(敵の目標は飛行場か？　それとも泊地か？)

腹の底で、大熊は呟いた。

砲声と炸裂音は、なおも断続的に届く。

地上からも、爆発音が伝わって来る。アスリート飛行場が、爆撃を受けているようだ。

「鳥がほじくりやがったか！」

大熊は舌打ちした。

設営部隊の数日分の努力が、Ｂ17の夜間爆撃によって無に帰した。

被害状況は不明だが、彼らはまたしても爆弾孔を埋め戻し、滑走路や駐機場を整地する作業を強いられるのだ。

せめて飛行場への直撃弾が少ないことを祈らずにいられなかった。

敵機の爆音が拡大している。Ｂ17は、タナバク港に接近しつつあるのだ。

「港の上空から離脱か？　それとも、泊地も叩くつもりか？」

大熊が呟いたとき、爆音が頭上を通過した。

数秒後、複数の光源が上空に出現し、黄色味を帯びた光が、頭上から降り注ぎ始めた。

Ｂ17が吊光弾を投下したのだ。

「タナバクも叩くつもりか！」

大熊は叫んだ。

柳田の予想が当たった。Ｂ17は、飛行場と港湾の両方を標的としていたのだ。

タナバクの港湾施設やガラパンの市街地が、「瑞穂」の艦橋から、おぼろげに見える。

栈橋に係留されている水上機群——二式水戦や零式水偵の姿も浮かび上がっている。

この直前まで、闇の底に沈んでいたタナバク港は、その姿をさらけ出されたのだ。

「砲術より艦長。射撃開始します」

田川砲術長が報告した。

直後、前甲板に発射炎が閃き、砲声が港内に響いた。

「瑞穂」の一二・七センチ連装高角砲三基六門が、上空の敵機目がけて火を噴いたのだ。

陸地や港の入り口付近にも発射炎が観測され、砲声が轟く。

タナバク港の対空砲陣地や、対潜哨戒に当たっていた一一駆の駆逐艦、哨戒艇、駆潜艇といった艦艇も、砲撃を開始したのだ。

上空に、炸裂音が断続的に轟く。

B17の爆音が、海上や地上の抵抗を圧殺するように迫って来る。

敵機は、最初に吊光弾を投下した機体と同じように、タナバク港の西方へと抜けた。

何かが大気を裂く音が、上空から迫って来た。

「総員、衝撃に備えろ！」

大熊が全乗員に下令したとき、「瑞穂」の周囲で続けざまに爆発が起こり、飛沫が奔騰し始めた。

大部分は「瑞穂」から離れた海面に落ちるが、一度ならず至近弾が炸裂する。

衝撃波が舷側を襲い、一万九二九トンの艦体が震える。高速で飛散する弾片が、艦体の側面を叩くだけではなく、大型の揚収機に命中し、不気味な打撃音を立てる。

その音も、新たな敵弾の落下音、炸裂音にかき消されてゆく。

果てしなく続くかと思われた狂騒は、唐突に終わった。

B17の爆音は次第に小さく、遠くなっていく。

「各部、被害状況報せ！」

「直撃弾なし。浸水なし！」

「機銃員四名が負傷。戦死者はありません！」

大熊の命令に、副長仁藤仁之助中佐と田川砲術長が応えた。

大熊は、安堵の息を漏らした。

港内に留まるとの選択は正しかった。

「瑞穂」は、B17の爆撃を切り抜けたのだ。

「ガラパンの市街地に火災！」

「水上機基地に火災！」

不意に、二つの報告が飛び込んだ。

大熊は、艦の左前方を凝視した。

二式水戦を下ろした水上機基地のあたりに、赤い光の揺らめきが見える。

係留されている水上機の真上から敵弾が落下し、何機かが破壊されたようだ。

「なんてこった……！」

大熊は、思わず呻いた。

B17がタナバク港を狙った理由が、ようやく分かった。

敵の標的は、「瑞穂」を含めた在泊艦船ではない。

水上機基地の機体――特に、B17にとって脅威となる二式水戦だ。

内地から運んで来た機体を目の前で破壊されたのでは、艦の無事を喜ぶ気には到底なれなかった。

大熊は柳田と顔を見合わせ、ぼそりと呟いた。

「水上機の輸送は、まだしばらく続きそうだな」

3

八月三一日午前、パラオ諸島バベルダオブ島のアイライ飛行場を発進した第二六航空戦隊の二式艦上偵察機は、西南西からグアム島に向かっていた。

グアム島に二箇所ある米軍の飛行場を上空から撮影し、回復の状況を調べるのだ。

昨日、サイパン島がまたもB17の空襲を受け、アスリート飛行場、ガラパンの市街地、タナバク港に被害が出た。

その四日前、二六航戦隷下の一式陸攻三二機が、グアムに向かっていた米軍の輸送船団を攻撃したが、戦果は小型輸送船二隻の撃沈に留まっている。

船団が運んで来た土木機材や資材のグアム島への搬入を、許す結果となったのだ。

二六航戦は八月二八日、二九日と、二日間に亘ってグアムの敵飛行場を爆撃したが、攻撃隊指揮官は「爆撃の効果は不充分」と報告している。

グアムの米軍飛行場が使用可能になれば、F4FやP40といった戦闘機ばかりではなく、ノースアメリカンB25〝ミッチェル〟、ダグラスA20〝ハボック〟といった爆撃機の進出も予想される。

事態を憂慮した二六航戦は、基地航空隊にも配属されるようになった二式艦偵をグアムに向かわせたのだ。

二式艦偵は増槽を装備すれば、最大一九四四浬を飛行できる。

パラオからグアムまでは約七四〇浬だから、計算上は往復が可能だ。

万一、被弾による燃料漏れ等が生じ、パラオへの帰還が不可能となった場合には、サイパンかテニアンの平地に不時着するよう命じられていた。

「目標まで五〇浬。敵の電探に映る頃合いです」

機長と操縦員を兼任する仙田久飛行兵曹長に、偵察員を務める宮口三郎一等飛行兵曹が報告した。

「四五（四五〇〇メートル）まで上昇する」

仙田は宣言するように言い、二式艦偵の機首を上向けた。

電探にかからぬように飛ぶには、海面すれすれの超低空飛行が有効だが、自分たちの任務は偵察だ。敵飛行場の上空に進入し、写真を撮影して持ち帰らねばならない。

二式艦偵は緩やかな角度で上昇する。

機体が水平飛行に戻ったとき、海面はこれまでよりも遠くなり、一枚の青い板のように見えている。

(機体の安全を優先するなら、高度を六〇(ロクマル)以上に取るべきだが)

　機体を操りながら、仙田は考えを巡らした。

　万一、敵の飛行場が完成していた場合、戦闘機の迎撃を受ける危険があるが、F4Fも、P40も、それほど上昇性能が高い機体ではない。

　二式艦偵が高度六〇〇〇を保っていれば、敵機が上がって来る前に離脱は可能なはずだ。

　だが高度を上げすぎると、写真の解像度が悪くなり、正確な情報を得られなくなる。

　多少の危険を冒しても、低めの高度から進入し、正確な写真を撮影することが、偵察機の使命だ。

　前方に、目的地が見え始めた。

　マリアナ諸島最南端にして最大の面積を持つグアム島だ。現在、日本海軍を最も悩ませている島でもある。

「『乙』から、撮影を開始する」

「了解。『乙』から撮影します」

　仙田の指示に、宮口が復唱を返した。

　グアム島が左右に広がり、拡大する。

　今のところ、敵機の姿はない。グアム島は沈黙したまま、二式艦偵の前方に横たわっている。

　右前方に、天狗(てんぐ)の鼻のように突き出している半島が見える。

　敵飛行場「乙」がある、オロテ半島だ。

　半島の中央付近に、「乙」が位置している。

　半島の北岸に沿って飛行し、撮影した後、もう一つの敵飛行場「甲」に向かうのだ。

　仙田は巡航速度の時速四二五キロを保つ。

　周囲に目を配りつつ、すぐにでもエンジン・スロットルを開けるよう身構(みがま)える。

　二式艦偵は九九艦爆と同じく、機首二丁の七・七ミリ固定機銃と偵察員席の七・七ミリ旋回機銃を装備しているが、戦闘機と正面から渡り合える機体ではない。

　敵機を発見したら、一目散(いちもくさん)に逃げるだけだ。

ちらと後席を見ると、宮口が機体の右下方にカメラを向けている様子が目に入る。

「乙」が、視界に入って来る。

グアムの敵飛行場二箇所のうち、規模が小さな方だと聞くが、四五〇〇メートル上空から見下ろしても、相当に大きな飛行場であることが分かる。

半島と平行に一本、斜めに交わる形で、二本の滑走路が敷かれている。

Ｆ４Ｆやドーントレスといった単発機だけではなく、双発の中型機も運用できそうだ。

「地上に発射炎を確認。対空砲と思われます！」

宮口が、緊張した声で報告した。

一〇秒ほどの間を置いて、二式艦偵の周囲に爆炎が湧き、炸裂音が轟いた。

敵弾の炸裂位置は遠い。機体が爆風に揺さぶられることはほとんどない。

それでも、弾片が命中したらしく、打撃音が二回伝わった。

敵弾が間断なく撃ち上げられる中、

「撮影完了！」

宮口が叫んだ。

「『甲』に向かう」

仙田は宣言するように言い、操縦桿を左に倒した。

主翼が小さく、翼面荷重が小さいため、旋回性能は良好とは言えない。二式艦偵は大きな円弧を描きつつ、「乙」から遠ざかる。

「爆弾孔は確認できたか？」

「目視で確認した限り、それらしいものは見当たりませんでした」

仙田の問いに、宮口は答えた。

グアムの米軍飛行場には、パラオの陸攻隊が長距離爆撃をかけ、二五番、五〇番を多数投下した。

サイパンに進出した水上機部隊もグアムを攻撃し、地上の敵機や付帯設備を攻撃した。

陸攻や水上機が投弾し、米軍の設営部隊が修復する。作業完了を目前にしたところで、再び日本機が攻撃し、新たな爆弾孔を穿つ。

日本軍はこの繰り返しで、グアムの飛行場完成を阻止して来たのだ。

米軍にとっては、賽の河原の石積みにも似た苦行であろう。

だが第八艦隊の将兵、特に設営部隊の隊員や軍属の作業員もまた、同様の苦しみを強いられている。

「先に解放されるのは友軍だ。貴様らが行くのは、本物の地獄だ」

その言葉を、仙田は地上の敵に投げかけた。

敵の対空砲火は、いつの間にか止んでいる。対空砲の射程外に逃れたようだ。

仙田は、二式艦偵をグアムの西岸に沿って北上させる。

間もなく「甲」が見えて来るはずだ。

「甲」の偵察写真を撮り、グアムから離脱すれば、今回の任務は八割方終わるはずだが——。

「前上方、グラマン！」

宮口の叫びが、伝声管を通じて伝わった。

仙田が顔を上げたとき、右前方上空から突っ込んで来る機影が見えた。

陽光を反射し、銀色に光っている。今にも振り下ろされんとしている凶刃のようだ。

仙田が七・七ミリ機銃の発射把柄に力を込めようとしたとき、Ｆ４Ｆの両翼から、真っ赤な火箭がほとばしった。

右主翼の翼端付近を火箭が通過し、後方に流れた。

一連射を放ったＦ４Ｆは、二式艦偵の下方へと抜ける。

二番機が、続けて突っ込んで来る。

今度は、仙田も射弾を放った。目の前に発射炎が閃き、細い火箭が噴き延びた。

七・七ミリ弾の細い火箭と、Ｆ４Ｆが放った一二・七ミリ弾の火箭が交錯する。

七・七ミリ弾がＦ４Ｆを捉えることはなかったが、二式艦偵も被弾を免れた。

「索敵中止。引き上げる！」

「『甲』の撮影がまだですが」

指示を送った仙田に、宮口が聞き返した。

自分たちが受けている命令は、「甲」「乙」の偵察だ。「甲」を撮影しなければ、任務を完遂できない、と考えているようだ。

「敵情が判明した以上、『甲』の撮影は不要だ」

仙田は、早口で返答した。

F4Fが迎撃に上がって来た以上、グアムの敵飛行場は既に稼働状態にあると考えられる。

その情報を持ち帰るのが最優先だ。

「了解！」

宮口の答が返された。

仙田は、二式艦偵を大きく左に旋回させた。

パラオに帰還するのだ。

旋回中の二式艦偵を、F4Fが襲って来る。

肉食獣が獲物の喉笛を狙うように、内側へと食い下がる。

零戦の搭乗員からは「旋回性能は零戦より劣る。格闘戦に引き込めば勝てる」と聞かされたが、二式艦偵に比べれば、遥かに身軽な機体だ。

F4Fの両翼に発射炎が閃くより早く、仙田は操縦桿を左に倒し、機体を横転させた。

一二・七ミリ弾の火箭が、二式艦偵の右翼端付近を通過する。

二式艦偵とF4Fの距離がみるみる離れる。

元々、九九艦爆の後継機として開発が始まった機体だ。横転は機敏であり、急降下速度も高い。

「グラマン、追って来ます！」

宮口が、緊張した声で叫んだ。

仙田は引き起こしをかけ、機体を水平に戻した。

エンジン・スロットルをフルに開いた。

愛知「熱田」二一型——英国のロールスロイス・マーリンを国産化した液冷エンジンが高らかな咆哮を上げ、二式艦偵が一気に加速された。

「敵機との距離、開きます！」

宮口が歓声を上げた。

ちらと後方を振り返ると、F4Fが懸命に追って来る様子が見える。

その姿が、急速に小さくなってゆく。

F4Fが完全に見えなくなり、一分が経過したところで、仙田はエンジン・スロットルを緩めた。

「宮口、友軍宛打電。『我、敵機ノ攻撃ヲ受ク。位置、〈グアム〉上空。敵飛行場ハ機能ヲ回復セリ。〇九(マルキュウ)四八(ヨンハチ)』」

仙田は、呼吸を落ち着かせながら命じた。

偵察写真をパラオに持ち帰ることも重要だが、それ以上に、F4Fと遭遇・交戦した事実が重要だ。

何を措いても、友軍に報告を送らねばならない。

4

「先を越されたか」

山本五十六連合艦隊司令長官の表情と声は、この上なく苦い薬を飲み下すときのそれを思わせた。

旗艦「香椎」の長官公室に参集した幕僚たちには、既に状況が知らされている。

艦の通信室は、第二六航空戦隊の二式艦偵が打った報告電を直接受信したのだ。

グアムには、F4Fがいる。

米軍の飛行場が、日本軍飛行場よりも先に機能を回復したことが明らかとなったのだ。

二式艦偵の報告よりもやや遅れて、サイパンの第八艦隊司令部からも、

「敵機来襲。四発重爆約四〇。『アスリート飛行場』ニ被害アリ。一〇〇五(ヒトマルマルゴ)」

との報告電が届いている。

トラックのB17は、依然(いぜん)マリアナの日本軍飛行場を封じ込めているのだ。

三ヶ月に亘った飛行場の空白状態は終わったものの、それは日本側が望む形ではなかった。

マリアナ諸島における制空権の争奪戦は、米軍が

先んじたのだ。

「問題は、敵の出方です。トラックの米太平洋艦隊は、グアムにおける飛行場の復活を好機と見て、サイパン、テニアンを陥としにかかって来ると考えられます」

大西滝治郎参謀長の一言を受け、全員の目が、机上に広げられている中部太平洋要域図に向けられた。

グアムの後方――トラック環礁には、強大な米太平洋艦隊が控えている。

ここ三ヶ月半の間、トラックの米軍の動きは、サイパン、テニアンへの長距離爆撃とグアムへの補給に留まっていたが、彼らはグアムにおける飛行場の完成を待っていたのではないか、と大西は考えているようだ。

大西に続けて、三和義勇作戦参謀と藤井茂政務参謀が発言した。

「参謀長のお考えに賛成です。米太平洋艦隊が、彼らにとっての好機を見逃すとは考えられません。太平洋艦隊の主力を投入し、グアムで孤立していた友軍を救出すると共に、マリアナにおける制空権、制海権を奪取しようとかかって来るのではないでしょうか？」

「政治面からも、米軍が攻勢に出る可能性は高いと考えられます。彼らには、マリアナを完全制圧し、橋頭堡を築けば、フィリピン失陥の埋め合わせができるとの思惑があるのではないでしょうか？」

「結果が逆になれば――つまり彼らが攻勢に失敗すれば、我が軍は禍を転じて福となすことができるな」

山本が、どこか人の悪そうな笑みを浮かべた。

二式艦偵の第一報が届いた直後に受けた衝撃からは、既に回復したようだ。

「グアムはフィリピンよりも遥かに小さな島だが、米国領であることは間違いない。フィリピンに続いてグアムまで失陥すれば、国威の失墜と政府に対する国民の支持率低下は避けられないだろう」

「この状況で、グアムを陥とすと言われますか？」

大西が、驚いたような声を上げた。

連合艦隊の司令部幕僚の中でも、大西は血の気が多く、強気の作戦展開を主張することが多い。

過去の作戦会議でも、積極派の大西を、山本が抑えることが多かったのだ。

ところが今回は、山本が積極策を口にしている。しかも、マリアナで日本軍が不利な立場に立たされているという状況下だ。

大西以外の幕僚も、意外そうな表情で、山本の言葉を聞いていた。

「現在のルーズベルト政権が国民の支持を失い、退陣することになれば、講和の芽が出て来るかもしれぬ。それを考えれば、グアムを陥落させる意義はある。戦略面からも、グアムは放置できぬ。グアムが敵の手にある限り、我が軍を脅かす存在であり続ける。マリアナの制空権、制海権を確立するためにも、グアムの攻略は不可欠だと考える」

山本に続けて、黒島亀人首席参謀が発言した。

「ＧＦとしましては、グアムの先のことまで考えねばなりません。三ヶ月以上の足踏みを強いられましたが、グアムはあくまで通過点です。我が軍としましては、トラック、マーシャルの奪回まで見据えねばなりません。後顧の憂いを断つという意味でも、グアムは陥とす必要があります」

「我が軍はグアムを、米軍はサイパン、テニアンを、それぞれ狙うという形ですか。一方が攻め、一方が守るという構図は当てはまりませんな」

大西が広域図を睨み、唸り声を発した。

「最初は守勢を取り、次いで攻勢に転じるという手順を踏んではいかがでしょうか？」

榊久平航空参謀が発言し、地図上に指示棒を伸ばした。

「こちらがグアムを攻撃している間に、敵が背後に回り込み、サイパン、テニアンを攻撃する可能性が考えられます。我が方としましては、守りを固めた上で北上して来る米太平洋艦隊主力を邀撃、撃滅し、しかる後にグアムの攻略にかかる、という手順を踏むのが得策と考えます」

「それは、消極的に過ぎるのではないか？　グアムの敵飛行場が使用可能といっても、進出している機数は、それほど多くないはずだ。我が方が機動部隊を投入すれば、使用不能に陥れることは充分可能だ。ここは強気に出た方がよいと考えるが」

大西が提示した疑問に、榊は答えた。

「開戦以来、米軍はしばしば我が軍の後方に回り込み、守りの薄い場所を衝いて来るという奇策を採っています。去る四月二五日には硫黄島が奇襲され、サイパン沖海戦では機動部隊が敵巡戦の夜襲を受けました。今回は、そのような隙を敵に与えることなく戦うべきと考えます」

「航空参謀の指摘通りだ。開戦劈頭に、トラック、マーシャルの同時攻略を企てたのも、奇策の一種と言える。同じ手に何度もかかったのでは、帝国海軍の恥をさらすようなものだ」

山本が苦笑した。

米軍には何度もしてやられたが、今度はそうはいかぬ、と言いたげだった。

「航空参謀の案には、一つ穴があります」

黒島が、地図上のグアムを指した。

「航空参謀は、守勢による米太平洋艦隊主力の撃滅を主張しましたが、敵が積極策を採るとは限りません。米軍がグアムの守りに徹し、我が軍の誘出、撃滅を試みる可能性も考えられます」

「グアムの周りを戦艦で固め、我が方の接近を許さぬ、ということかね？」

山本の問いに、黒島は頷いた。

「我が軍は、航空兵力では優勢ですが、戦艦では米側が圧倒的に優勢です。また、太平洋艦隊司令長官のキンメルは、名うての大艦巨砲主義者です。その戦術思想から、戦艦の威力を前面に押し出した作戦展開を採ると考えられます」

「その場合は、航空兵力の優位を活かして戦えばよいと考えます」

榊は、用意していた答を返した。

「三艦隊は五月一七日のグアム攻撃で、四艦隊は四月二五日の硫黄島沖海戦で、それぞれ艦上機と搭乗員を消耗しましたが、現在は戦力の補充も完了しております。機動部隊の艦上機によって、米戦艦部隊を攻撃すれば、無力化が可能です」

「敵の空母はどうだ？」

「現時点で米軍が使用可能な空母は、最大三隻です。三、四艦隊の戦力で圧倒できます」

開戦時に米軍が擁していた空母は、ヨークタウン級空母八隻と中型空母の「キャバリー」だが、ヨークタウン級のうち六隻は、開戦以来の一連の海戦で撃沈した。

仮に米海軍が、全空母を太平洋艦隊に回したとしても、三隻が上限だ。

第三艦隊は空母五隻、第四艦隊は空母六隻を擁しているから、日本側が圧倒することは間違いない、と榊は答えた。

「米軍は、ニューヨーク条約の失効後に建造した新鋭戦艦を前線に投入している。空母についても、新型艦を繰り出して来る可能性はないか？」

「英国からの情報によれば、現在東海岸の造船所で、ヨークタウン級の後継艦となる空母が複数、建造中とのことです。ただし、現時点で竣工している艦はありません。年内に戦力化されることはないと見てよいでしょう」

「ヨークタウン級の後継艦が複数、か」

山本が言葉の意味を確認するかのように、殊更（ことさら）ゆっくりと言った。

「当然ヨークタウン級よりも大きく、搭載機数も多いのだろうな？」

「詳細は判明しておりませんが、全ての性能でヨークタウン級を凌駕することは間違いないようです。

軍令部の第五課が、各国の大使館付海軍武官と協力して、情報の収集に当たっていますが」

「それらが太平洋に出て来れば、航空兵力の優位も奪われるかもしれぬな」

遠くを見るような表情で、山本は言った。

「開戦前、総理に対米戦の見通しについて聞かれたとき、私は『短期決戦以外に勝利の道なし』と申し上げている。できれば一年、長くても二年以内に決着を付けるべきだ、とな。二年以内に決着を付けられなければ、ヨークタウン級を上回る強力な新鋭空母が多数、前線に出現する」

そこで、山本は一旦言葉を切った。

連合艦隊が直面している事態について、幕僚たちに理解させようとしているようだった。

（戦艦でも、航空機でも勝てなくなれば、我が軍に打つ手はなくなる。それが、長官のおっしゃりたいことだろう）

榊は、山本の意図を推察している。

敵の新鋭空母が多数出現する前に決着を付けなければ、日本は破局を迎える。

その危機感を、幕僚全員に持って欲しいと、山本は考えているのだろう。

山本は幕僚全員を見渡し、改まった口調で言った。

「当面は、目の前の戦いに集中しよう。マリアナでの戦いに勝てば、戦争の終結に向けて前進できる」

5

「グアム島への増援部隊を運んで参りました」

輸送部隊の指揮を執るジョン・S・マッケーン少将は、アメリカ太平洋艦隊旗艦「ペンシルヴェニア」を訪れ、司令長官ハズバンド・E・キンメル大将に挨拶した。

「御苦労」

キンメルは、マッケーンに答礼を返した。

「ペンシルヴェニア」は、太平洋艦隊の他の戦艦群と共に、トラック環礁のモエン島錨地(びょうち)――モエン島の西側にある大型艦用の錨地に錨を降ろしている。

そのモエン島錨地に、戦艦群と並んで、六隻の真新しい艦が入泊(にゅうはく)している。

「空母の名を冠してはいるが、加賀型(カガ・タイプ)や翔鶴型(ショウカク・タイプ)と、正面から渡り合える艦ではないな」

キンメルは、六隻の艦を見て言った。

マッケーンが真珠湾から引き連れて来た六隻は、形だけを見れば、立派な航空母艦だ。

平べったい飛行甲板が艦首から艦尾まで伸びており、右舷側には小ぶりな艦橋が設けられている。

空母の不足に悩まされている太平洋艦隊に、頼もしい助っ人が加わったように見える。

ただし、どの艦も小さい。

飛行甲板の最大幅は、ヨークタウン級と比べて遜色(そんしょく)ないが、全長は一五〇メートルから一七〇メートルと、ヨークタウン級の六、七割しかない。

軍艦に相応しい精悍(せいかん)さにも欠ける。

商船を、無理矢理空母に仕立て上げたような印象だった。

「元々、敵の機動部隊や基地航空隊と、正面から渡り合うつもりはありません。そのような艦種でもありません。護衛空母(ACV)は、輸送船団の護衛、対潜哨戒、航空機の輸送を主目的に建造された艦ですから」

マッケーンは応えた。

トラックに到着した六隻は、ボーグ級が四隻、サンガモン級が二隻。商船を改装した特設空母だ。

これらに搭載して来た機体とクルーを、機能を回復したばかりのグアム島の飛行場に輸送するのが、マッケーンの任務だった。

「ACVの性能については、作戦本部から知らされている」

キンメルは頷いた。

商船からの改造であるため、速度性能は低い。ボーグ級、サンガモン級共に、最高速度は一八ノットだ。ただし、飛行甲板にカタパルトを装備しているため、合成風力を確保しなくとも発艦は可能だ。

空母の命である搭載機数は、ボーグ級が二八機、サンガモン級が三〇機を上限とする。ヨークタウン級の約三分の一だ。

その代わり、量産性に優れているため、数を揃え、前線に多数の機体を運ぶことができる。

「航空機専門の輸送艦というのが、このクラスの役割なのだろうな。設備の整った飛行場と組み合わせることで、初めて威力を発揮できる」

「飛行場だけに限りません。正規空母が戦闘によって艦上機を消耗した場合、機体とクルーを補充することもできます。今回、輸送して来たのはＦ４Ｆだけですが、作戦本部からは、太平洋艦隊の要請に応じて、と聞いております」

マッケーンからキンメルに渡されたリストには、輸送する機体の内訳が記されている。

ボーグ級がＦ４Ｆ二〇機ずつ、サンガモン級がＦ４Ｆ二五機ずつ、合計一三〇機だ。

「オロテの受け容れ準備が整った時点で、海兵隊航空部隊のＦ４Ｆ六六機が、トラックからグアムに飛んでおります。新たに一三〇機ものＦ４Ｆが加われば、グアムの防空は盤石のものとなるでしょう」

航空参謀のケヴィン・パークス中佐が、自信ありげな口調で言った。

「守るだけではない。オロテ飛行場の復活は、マリアナ諸島全体を手に入れるための第一歩だ。ヤマモトは、必ず連合艦隊（コンバインド・フリート）の主力を出撃させて来る。太平洋艦隊としては、全力で歓迎して差し上げようじゃないか」

キンメルは、力のこもった口調で言った。

「どのような作戦を考えておられるのでしょうか？　差し支えなければ、御教示いただきたいのですが」

マッケーンの問いには、パークスが答えた。

「今回は空母を使いません。主力の戦艦部隊が剣（ソード）、グアムの戦闘機隊が楯（シールド）の役割を、それぞれ担います」

日本海軍はグアムの飛行場を無力化するため、空母機動部隊を繰り出して来る。

太平洋艦隊の戦艦群がグアム近海に布陣すれば、当然狙って来るだろう。

そこで、グアムに展開する一九六機のＦ４Ｆが、来襲する日本機を徹底的に撃墜し、戦艦部隊とグアムの飛行場を守るのです、とパークスは話した。

「こちらから、敵の空母は攻撃しないということか？」

「おっしゃる通りです」

「敵の艦上機は、母艦から飛び立つ前に叩くのが、最も効率的に撃破できると考えるが」

「グアムの飛行場がより大きく、多数の機体を運用できるようであれば、敵の空母を叩きたいところですが、現状では二〇〇機程度を運用するのが限界です。運用可能な機数に制限がある以上、この戦術がベストと判断しました」

「空母が数隻あれば、我が方の戦術ももう少し変わって来るのだろうが――」

マッケーンは、モエン島錨地に錨を降ろしている戦艦群をちらと見やった。

戦艦の建造予算が他の艦種を圧迫しなければ、我が軍は日本軍に対抗し得るだけの空母戦力を持てたのだ、と言いたげだった。

「敵の空母を叩かなくて、航空戦に勝利が得られるのか？」

質問を重ねたマッケーンに、パークスは答えた。

「空母と搭載機の関係は、戦艦と主砲弾の関係に当てはまります。主砲弾を撃ち尽くした戦艦が無力な存在であるのと同様、搭載機を失った空母もまた、役立たずとなります。ジャップの牙と爪を叩き折るのが、グアムに展開するＦ４Ｆの役割です」

「パークス中佐の主張は、理にかなっております。五月一七日のグアム空襲が、中佐の言葉を裏付けています」

参謀長のウィリアム・スミス少将が言った。

五月一七日のグアム空襲に際しては、６ＡＦのＰ

40と2ｎｄＭＡＷのＦ４Ｆが、全力で日本軍の攻撃隊を迎え撃ち、ヴァルとケイト多数を撃墜した。

多数の戦闘機を投入し、守りに徹すれば、ある程度は持ち堪えることが可能だと実証したのだ。

このときの戦術をより強化したのが、一九六機のＦ４Ｆによるグアムと戦艦部隊の直衛だ。

「パークス中佐の作戦案を初めて聞かされたとき、私も驚かされた。航空機を戦闘機のみで固め、直衛戦闘に徹する、という戦術にはな」

キンメルが微笑した。

「しかし、空母の数が不足し、グアムの飛行場も充分な機数を運用できない以上、他に手段はない。Ｆ４Ｆが敵の艦上機を無力化すれば、今度は戦艦の出番になる。太平洋艦隊の主力が巨砲を以て、ヤマモトの艦隊を叩き潰してやる。『戦艦が剣、戦闘機が楯』というのは、そのような意味だ」

このときキンメルは、脳裏にある映像を浮かべている。

威風堂々と進撃する、太平洋艦隊の戦艦群。

頭上を守る多数のＦ４Ｆ。

戦艦群を狙って来るヴァルやケイトは、片端から撃墜され、戦艦には爆弾も、魚雷も、ただ一発も命中することはない。

無傷のまま、日本艦隊と距離を詰めた戦艦群の四〇センチ主砲、三五・六センチ主砲が火を噴き、日本が誇る「赤城」も「長門」も「陸奥」も、炎の中に消え去ってゆく……。

「今にして思うと、空母についても、搭載機を戦闘機で固め、戦艦の直衛艦として使うべきだったのかもしれぬ」

キンメルは、ぼそりと言った。

「合衆国海軍は開戦以来、三度に亘って空母同士の戦いを経験したが、いずれも惨敗を喫している。その結果、戦艦の頭上はがら空きとなり、日本機に一方的な攻撃を許すこととなった。『ヨークタウン』と『ホーネット』を直衛専任艦としておけば、リンガエン湾海戦におけるアジア艦隊の敗北はなかったのではないかという気がする」

「長官のおっしゃる通りかもしれませんな。空母が少ないなら、その数に応じた戦術があります。少ない空母で、優勢な日本軍の機動部隊と正面から戦うべきではありませんでした」

マッケーンは、思案するような表情を浮かべながら頷いた。

「空母は直衛に徹する」という作戦案に、納得した様子だった。

「六隻の護衛空母は、いいタイミングで来てくれた」

キンメルは、マッケーンの顔を正面から見つめて言った。

「飛行場が機能を回復したとはいっても、現地に配備したF４Fの数は充分とは言えない。グアムは、依然として危険な状態に置かれているのだ。しかし、一三〇機ものF４Fが現地に派遣されれば、防空力は三倍に強化される。それだけではない。ヤマモトの艦隊を撃滅する好機までが得られたのだ。この機会を逃すつもりはない。最低でも、マリアナ諸島を完全制圧し、東京（トーキョー）への道筋を付けてやる」

胸の奥底から闘志が湧き起こるのを、キンメルは感じている。

大艦巨砲主義の信奉者にとり、パークス中佐の案は、理想的な空母の使い方だ。頭上を多数の戦闘機で守られていれば、戦艦は存分に巨砲を振るえるからだ。

ヴァルも、ケイトも恐れるに足りない。

合衆国戦艦が、その本領を十全に発揮するときが来たのだ。

「となりますと、早いところ、グアムにF４Fを運ばねばなりませんな」

マッケーンは踵（きびす）を返し、キンメルらに背を向けた。

「護衛空母六隻は、燃料の補給が終わり次第、グアムに向けて出港します。トラックに下ろし、自力でグアムに飛んで貰う手もありますが、クルーの中には実戦経験のない新米もいます。空母で運んだ方がよいでしょう」

第五章　立ちはだかるもの

1

「寄らば斬るぞ、とでも言いたそうな構えだな」

戦艦「赤城」艦長有馬馨大佐は、冗談めかした口調で言った。

昭和一七年九月四日五時四五分（現地時間六時四五分）。夜が明けてから、四〇分近くが経過している。

「赤城」が所属する第四艦隊の位置は、サイパン島の北方海上――マッピ岬よりの方位三五〇度、四〇浬の海面だ。

「第四艦隊ハ第二、第三、第八艦隊ト協同シ、『マリアナ』ニ来寇セル敵ヲ捕捉撃滅セヨ」

連合艦隊司令部からこの命令を受けた第四艦隊は、九月一日未明に呉より出港し、第二、第三艦隊と共にマリアナ諸島を目指した。

各艦隊は通常よりも速力を上げ、九月四日早朝には、サイパン島の北方海上に到達した。

日本艦隊の出港に合わせたかのように、トラック環礁の米艦隊も動き始めている。

環礁の北東水道沖で、米軍の監視任務に当たっていた伊号第五六潜水艦が、

「九月二日一七時、敵艦隊、〈北東水道〉ヨリ出港セリ。大型艦五乃至六、中小型艦多数」

との報告電を送って来たのだ。

米艦隊の目的が、サイパン、テニアン攻略前の準備攻撃であることは容易に想像がつく。

日本軍の設営部隊は、B17の爆撃にもひるむことなく、飛行場の復旧に努めて来たが、戦艦の巨弾を撃ち込まれればひとたまりもない。

飛行場は壊滅し、米軍は両島に大挙上陸して来る。

日本艦隊としては、何としても米軍より先に、サイパン沖に展開する必要があったのだ。

「敵艦隊見ユ」の第一報は、六時二七分、第八艦隊の索敵機が送って来た。

複数の戦艦を含む大艦隊といえども、発見には手

間取ることが多いが、この日は容易に見つかった。

米艦隊は、グアム島西岸のオロテ半島沖、それも海岸から二、三浬という近距離に展開していたのだ。

編成は、戦艦らしき大型艦が六隻、巡洋艦らしき中型艦が五隻、駆逐艦が約二〇隻。

伊五六の報告電と、ほぼ一致する。

グアムのすぐ傍に展開することで、

「グアムに近寄る敵は、戦艦の巨砲で打ち据える」

と、宣言しているかのようだ。

「寄らば斬るぞ」という有馬の言葉が、そのまま当てはまりそうな布陣だった。

「攻撃隊が出ませんね」

航海長宮尾次郎中佐が、不審そうに言った。

今回の作戦では、第三艦隊と第四艦隊、二隊の機動部隊が出撃している。

第四艦隊は、第五航空戦隊の「翔鶴」「瑞鶴」、第三航空戦隊の「雲龍」「海龍」、第六航空戦隊の「祥鳳」「瑞鳳」、計六隻の空母を擁しており、グアムの敵飛行場が攻撃目標だ。

第三艦隊の攻撃目標は米艦隊、特に戦艦だ。第四艦隊が敵飛行場を叩き、制空権の奪取に成功したら、敵艦隊を攻撃する手筈になっている。

「赤城」の後方からは、微かに爆音が伝わって来る。飛行甲板上に敷き並べられた艦上機が立てる、暖機運転の音だ。

敵情が判明した以上、すぐにでも出撃しそうなものだが――。

「空母の発見を待っているのではないか？」

有馬は言った。

空母にとって、最大の脅威となるのは敵の空母だ。過去の海戦でも、日本艦隊は敵の空母をまず叩き、しかるのちに戦艦を攻撃するという手順を踏んでいる。

第四艦隊司令長官小沢治三郎中将は、飛行場よりも空母を優先して叩くため、索敵機の報告を待っているのかもしれない。

「米軍は、グアムの飛行場を空母の代役としているのではないでしょうか？　敵の砲戦部隊がグアムのすぐ近くに布陣しているのも、グアムを守ると共に、基地航空隊の戦闘機に頭上を守らせるためと考えられます」

飛行長の稲村宏大尉が意見を述べた。

本来は、自ら水上偵察機の操縦桿を握り、索敵、対潜哨戒、弾着観測等の指揮を執る立場だが、有馬は航空戦に関する補佐役として、自分の傍にいるよう、稲村に命じていた。

「グアムは、一種の不沈空母というわけか」

「現在、米軍の使用可能な空母は最大三隻との情報もあります。グアムの飛行場が使える以上、数の少ない空母を出撃させる必要はない。敵の指揮官は、そのように考えるかもしれません」

「飛行長の言う通りなら、すぐにでも攻撃隊を出さねばならぬだろうが……」

有馬は、四艦隊の状況を思い浮かべた。

「赤城」は輪型陣の先頭に位置しているため、空母を直接目視できないが、後部見張員は、五、三航戦の空母四隻の飛行甲板上に、第一次攻撃隊が敷き並べられている旨を報告している。

万一先制攻撃を受け、空母が被弾するようなことになれば、四艦隊は破滅だ。

四隻の空母は誘爆大火災を起こし、火だるまになってしまう。

小沢長官に、そのことが理解できないはずはないが——。

「旗艦に、信号を送ってはいかがでしょうか。『直チニ攻撃隊発進ノ要有リト認ム』と」

「戦艦からの意見具申など、長官が容れるかな？」

宮尾の意見に、有馬は首を傾げた。

こちらは、航空戦に関しては素人だ。航空戦の専門家が何人も揃っている四艦隊司令部が、素人の具申を容れるとは考え難い。

「沈黙よりはいいと考えます」

「何も言わずに後悔するよりは、意見を具申した方がよいな」

有馬は信号長の岩佐芳明兵曹長に命じた。

「『翔鶴』に信号。『直チニ攻撃隊発進ノ——』」

「後部見張りより艦橋。『翔鶴』より信号。『攻撃隊発進セヨ』！」

有馬の命令は、飛び込んで来た報告に遮られた。

「信号長、送信中止」

有馬は苦笑しながら、岩佐に命じた。

やはり小沢長官は、航空戦の専門家だ。自分が懸念する程度のことなど、とうに分かっていたのだ。

ほどなく後方から、轟々たる爆音が伝わって来た。

第一次攻撃隊が、出撃を開始したのだ。

2

進撃を開始してから一時間と経たぬうちに、グアム島が見えて来た。

鉈を思わせる形状の島だ。

西側に突き出したオロテ半島に、第一次攻撃隊の目標である敵飛行場「乙」があることは、既に全搭乗員に知らされていた。

「半島の手前に敵艦隊。戦艦もいます！」

総指揮官高橋赫一少佐の耳に、偵察員を務める小泉精三中尉の報告が飛び込んだ。

オロテ半島の手前に、多数の艦艇が見える。

艦の対空火器で、半島の飛行場を守ろうとしているようにも、自らを飛行場を守るための楯にしようとしているようにも見える。

「よだれの出そうな獲物ですね」

「同感だが、俺たちは戦艦に用はない」

小泉の言葉に、高橋は冷静な口調で応えた。

第一次攻撃隊の目標は、あくまで敵飛行場だ。

飛行場を使用不能に追い込み、制空権を確保したと判断した時点で、第三艦隊が敵艦隊を攻撃する。

「高橋一番より全機へ。半島の西に迂回する」

高橋は、全機に下令した。

右旋回をかけ、敵艦隊を迂回する針路を取った。

「敵艦隊に向かう者はいないな？」

「全機、我に続行中」

「よし！」

小泉の返答を聞き、高橋は満足の声を上げた。

「敵艦、特に戦艦のような大物を発見した場合には、そちらを攻撃したくなる者もいるだろうが、独断での目標変更は許さぬ。全弾を敵飛行場『乙』に叩き込め」

「翔鶴」飛行長の根来茂樹中佐は、厳しい口調で全搭乗員にその旨を命じている。

他の三空母――「瑞鶴」「雲龍」「海龍」でも、各艦の飛行長が、搭乗員に厳しく言い渡したはずだ。

命令は、全員にしっかり行き届いている。

(俺自身が、誰よりも大物を叩きたいのだ。その俺が堪えているのだ。黙ってついて来てくれ)

高橋は、腹の底で部下たちに詫びた。

次の機会には、必ず大物に二五番をぶち込ませてやるからな、と心中で誓った。

敵艦隊は沈黙したまま、迂回する攻撃隊を見送っている。

第一次攻撃隊一二六機は、何者にも遮られることなく、オロテ半島の西端付近を通過する。

「島尾一番より全機へ。左前方、敵機！」

無線電話機のレシーバーに、緊張した声が響いた。「海龍」戦闘機隊の隊長島尾英一大尉の声だった。

高橋は息を呑んだ。

多数の敵機が、左前上方に展開している。

一隊が二〇機以上から成る梯団が四隊だ。

酒樽のように太い胴体は、見間違えようがない。グラマンF4F〝ワイルドキャット〟――開戦以来、何度も干戈を交えた米海軍の主力艦上戦闘機だ。

「正念場だぞ、こいつは」

高橋は、自身に言い聞かせるように呟いた。

第一次攻撃隊の編成は、零戦五四機、九九艦爆七二機。

第一次攻撃では敵戦闘機多数の迎撃が予想されること、艦爆は艦攻よりも機動力が高く、戦闘機ともある程度渡り合えることから、艦爆中心の編成となったのだ。

とはいえ、あれほど多数のＦ４Ｆが出現するとは想定外だ。

機動力の高い艦爆といえども、かわし切れるかどうか。

艦戦隊は、早くも動いている。

最初に敵を発見した「海龍」隊九機のうち、六機が敵戦闘機に機首を向け、同じ三航戦の「雲龍」隊も、「海龍」隊に続く。

「翔鶴」「瑞鶴」の艦戦隊も、三機ずつを艦爆の直掩に残し、敵戦闘機に突進する。

左前方上空で、空中戦が始まる。

Ｆ４Ｆが大きく散開し、零戦がその中に突っ込む形だ。Ｆ４Ｆが数の力に物を言わせて、零戦を包み込もうとしているようにも見える。

双方の隊形が大きく崩れたと思ったときには、彼我入り乱れての混戦が始まっている。

スマートな機体と、太く、ごつい機体が上下に、左右に飛び交い、混淆（こんこう）する。

零戦は右に、左にと旋回してＦ４Ｆの突っ込みをかわすが、Ｆ４Ｆも容易に背後を取らせない。

零戦に後ろに回られたと見るや、機体を横転させ、急降下によって離脱する。

零戦の多くは特定の一機にこだわらず、新たなＦ４Ｆと渡り合う。

柔道の乱取りを想起させる光景だが、柔道と異なるのは、零戦もＦ４Ｆも殺意を露（あら）わにし、相手を確実に仕留めようとしていることだ。

Ｆ４Ｆが、艦爆隊に向かって来た。左前方から、フル・スロットルで突っ込んで来た。

高橋は、操縦桿を右に、左にと倒す。

胴体下に二五番――二五〇キロの重量物を提げて

いるため、動きはどうしても鈍くなるが、黙って墜とされるつもりはない。

Ｆ４Ｆ一番機が、両翼に発射炎を閃かせる。青白い曳痕の奔流が右の翼端をかすめ、後方に流れる。

一番機が高橋機の右脇を通過すると同時に、後席から機銃の連射音が届く。小泉が、七・七ミリ旋回機銃を放ったのだ。

間を置かずに、Ｆ４Ｆ二番機が突っ込んで来る。

高橋は、機首二丁の七・七ミリ固定機銃を発射する。目の前に発射炎が閃き、発射の反動を受けた照準器が振動する。

七・七ミリ弾の細い火箭と、Ｆ４Ｆが放った一二・七ミリ弾の火箭が斬り結ぶように交差する。

高橋機に被弾はないが、Ｆ４Ｆも無傷のまま離脱する。

「隊長、『瑞鶴』隊が！」

小泉が叫び声を上げた。

一〇機前後と思われるＦ４Ｆが、五航戦の僚艦「瑞鶴」の艦爆隊に襲いかかっている。

「瑞鶴」隊も機体を左右に振り、あるいは機首の固定機銃、偵察員席の旋回機銃を振り立てて応戦するが、Ｆ４Ｆの攻撃をかわしきれない。

一機、二機と、機首やコクピット、主翼に被弾し、よろめく。

機首に被弾した機体は炎と黒煙を噴き出しながら高度を落とし、コクピットに一撃を受けた機体は、ひとたまりもなく墜落する。

「瑞鶴」隊だけではない。

「雲龍」隊、「海龍」隊にも、Ｆ４Ｆの一二・七ミリ弾が浴びせられる。

隊列の中に火焰が躍る度、被弾した九九艦爆が炎と黒煙を引きずり、オロテ半島沖の海面に向かって墜ちてゆく。

直掩に当たっている零戦の動きは分からない。

艦爆隊を守るべく、奮闘しているのかもしれないが、各隊当たり三機では、数に勝るＦ４Ｆを防ぎ切れないようだ。

「高橋一番より艦爆隊全機へ。目標、敵飛行場『乙』。各隊毎に突撃せよ！」

高橋は断を下した。

多数のＦ４Ｆに襲われる状況下では、突撃隊形を組んでいる余裕はない。

個別に突撃する以外の道はないと判断した。

高橋は、エンジン・スロットルを開いた。

三菱「金星」四四型エンジンが高らかな咆哮を上げ、九九艦爆が加速された。

Ｆ４Ｆが、なおも襲って来る。

二機が高橋機の右前方から突っ込み、両翼一杯に発射炎を閃かせる。

かと思えば、一機が横合いから銃撃を浴びせる。

更にもう一機のＦ４Ｆが、前下方から突き上げるように襲って来る。

高橋は、その全てをかわした。

機体を小刻みに旋回させて、Ｆ４Ｆの射弾に空を切らせ、あるいはスロットルを絞って敵に肩透かしを食わせ、一発の命中も許さなかった。

後方に離脱するＦ４Ｆに、小泉が旋回機銃を発射する。あるいは、高橋機に後続する「翔鶴」隊の各機が、機首二丁の固定機銃から七・七ミリ弾を浴びせる。

敵飛行場に取り付く前に、四機が被弾、撃墜されたが、「翔鶴」隊もＦ４Ｆ二機を撃墜した。

地上に多数の発射炎が閃き、「翔鶴」隊の周囲で、敵弾が次々に炸裂する。

空中を漂う爆煙の向こうに、「乙」が見える。

事前に知らされた情報通り、滑走路も、駐機場も機能しているようだ。

「『翔鶴』隊、続け！」

高橋は、麾下の艦爆一三機に下令した。

「翔鶴」隊はＦ４Ｆとの戦闘で、四機を失っている。

「瑞鶴」「雲龍」「海龍」の艦爆隊も被害が大きい。

数を大きく減らされた艦爆による攻撃が、どこまで有効かは分からないが、とにかく投弾するだけだ。

急降下爆撃の教範に従い、滑走路を左主翼の前縁に重ねて、機首を前方に倒した。

漂う爆煙やちぎれ雲が視界の外に消え、滑走路が目の前に来る。

二五番陸用爆弾を抱いた九九艦爆が、「乙」の滑走路を目がけ、真一文字に突進する。

「二四（フタヨン）（二四〇〇メートル）！　二二（フタフタ）！」

「後続機、どうか⁉」

「『翔鶴』隊、本機に続行中！　一八（ヒトハチ）！　一六（ヒトロク）！」

高橋の問いに、小泉が状況を報告し、高度計の数値を読み続ける。

数字が小さくなるに従い、滑走路がせり上がり、照準器の白い環からはみ出す。

地上付近にいる一群の機影に、高橋は気づいた。

「高橋一番より艦爆隊全機へ。一二（ヒトフタ）で投弾しろ！」

咄嗟（とっさ）に、高橋は命じた。

Ｆ４Ｆが、低空で待ち構えている。引き起こし時を狙われたら、高確率で撃墜される。

それを避けるためには、高めの高度で投弾し、離脱する以外にないと判断した。

「一二（ヒトフタ）！」

「てっ！」

小泉が読み上げるや、高橋は投下レバーを引いた。

艦船攻撃時に比べ、高めの高度での投弾だが、相手は艦船より巨大な静止目標だ。この高度でも、命中するはずだ。

高橋は操縦桿を目一杯手前に引きつけ、離脱にかかる。

九九艦爆が機首を引き起こし、降下から水平飛行へ、上昇へと転じる。

「後続機、全機投弾！　引き起こします！」

「低空の敵機、上昇して来ます！」

小泉が、二つの報告を送った。

高橋はエンジン・スロットルをフルに開く。

「金星」が猛々しい咆哮を上げ、九九艦爆をぐいぐいと引っ張り上げる。

「谷川(たにかわ)機被弾！　新井(あらい)機被弾！」

小泉が悲痛な声で報告する。編隊の後方に位置していた機体だ。引き起こしが遅れたため、上昇して来たＦ４Ｆに食われたのだ。

（逃げられるか？　どうだ？）

高橋が自問したとき、上空から舞い降りて来た機影が、高橋機とすれ違った。

「零戦、敵機を攻撃中！」

「ありがたい！」

小泉の報告を受け、高橋は叫んだ。

零戦が、救援に駆けつけてくれたのだ。

「翔鶴」隊は六機を失ったものの、一四発を投弾した計算になる。

高度三〇〇〇まで上がったところで、高橋は「乙」を見た。

「……駄目だな」

との呟きを漏らした。

滑走路や駐機場の複数箇所から黒煙が立ち上っているものの、使用不能に追い込んだとは認め難い。第一次攻撃は失敗と判断せざるを得なかった。

数分後、高橋機から四艦隊に向け、報告電が飛んだ。

「攻撃終了。第一次攻撃ハ効果不充分。攻撃反復ノ要有リト認ム。敵戦闘機多数。迎撃熾烈。〇七四六(マルナナヨンロク)」

「たかだか島一つで、ここまで手こずらされるとはな」

空母「土佐」艦攻隊の第二中隊長木崎龍大尉は、グアム島を見下ろしながら呟いた。

「土佐」の艦上機搭乗員がグアムを攻撃するのは二回目だ。

前回のグアム攻撃時、木崎は第一中隊の第二小隊長だったが、現在は第二中隊長に異動し、二個小隊六機の艦攻を率いる立場になっている。

五月のグアム攻撃でも、日本軍は大いに手を焼かされた。

攻撃隊は、P40とF4F多数の迎撃を受け、第三艦隊の艦上機による攻撃だけでは、飛行場を使用不能に陥れることができなかった。

最終的には、サイパンに展開していた基地航空隊の力も借り、やっとの思いでグアムの敵飛行場を沈黙させたが、第三艦隊は多数の艦上機と搭乗員を失い、戦力の回復に三ヶ月を要したのだ。

今回、グアムの敵飛行場は「乙」一箇所だけだ。

サイパンの基地航空隊は使えないが、日本側は第三、第四の両艦隊を投入している。

「乙」は、第四艦隊の攻撃だけで壊滅に追い込むことができ、第三艦隊はオロテ半島沖の敵艦隊攻撃に集中できるだろう、と「土佐」の艦上機搭乗員たちは思っていた。

ところが「乙」は、邀撃に一〇〇機以上ものF4Fを繰り出し、第四艦隊の第一次攻撃隊は、大きな損害を受けた。

四艦隊は第二次攻撃を実施したが、「乙」はなお機能停止に至らず、戦線を支え続けた。

このため第三艦隊は、待機させていた第一次攻撃隊を「乙」の攻撃に振り向け、ようやく敵飛行場を沈黙させたのだ。

三度目の航空攻撃が終わった後、第二航空戦隊の空母「飛龍」から発進した二式艦偵がグアム上空に飛び、

「我ヲ迎ヘ撃ツ敵機ナシ」

との報告電を打っている。

第三艦隊は、準備していた第二次攻撃隊を、オロテ沖の敵艦隊に振り向けることが可能となったのだ。

ようやく本領を発揮できる。敵戦艦の土手っ腹に、魚雷を叩き込んでやれる。

四月二五日夜、「土佐」と「加賀」を追い回してくれた借りを返すのだ。

「村田一番より全機へ。右前方に敵艦隊。突撃隊形作れ」

攻撃隊総指揮官を務める「土佐」飛行隊長兼艦攻隊隊長村田重治少佐の声が、無線電話機のレシーバーに響いた。

木崎は右前方を見た。

オロテ半島の西方海上に、一群の敵艦が見える。

第一次攻撃のときは、半島の北岸付近に布陣し、対空火器で攻撃隊を迎え撃つ態勢を取っていたというが、移動したようだ。

「乙」が使用不能となったため、回避運動が行い易い場所に移ったのかもしれない。

「戦艦を中心とした輪型陣だな」

敵の陣形を見て、木崎は呟いた。

大型艦六隻――戦艦が二列の複縦陣を組み、周囲を巡洋艦、駆逐艦が囲んでいる。

艦隊戦の切り札となる艦を、巡洋艦以下の艦艇で守る態勢だ。

（集中か？　分散か？）

木崎は、腹の底で指揮官に問いかけた。

第二次攻撃隊は、一航戦の「加賀」「土佐」より零戦三六機、九七艦攻三六機、二航戦の「蒼龍」「飛龍」より零戦一八機、九九艦爆三六機、計一二六機だ。

艦攻と艦爆三六機ずつでは、六隻の戦艦全ては撃沈できない。

二隻程度に目標を絞り込み、確実な撃沈を狙うのか。あるいは六隻全てを叩き、無力化に努めるのか。

「『土佐』隊、『蒼龍』隊目標、奇数番艦。『加賀』隊、『飛龍』隊目標、偶数番艦」

「分散か！」

村田の命令を受けるなり、木崎は叫んだ。

「土佐」艦攻隊一八機は、戦艦六隻のうち、右列隊が目標だ。三隻に一個中隊六機ずつを割り当てての攻撃になる。

攻撃隊が、大きく散開した。

「土佐」艦攻隊は高度を下げつつ敵艦隊の右方に、「加賀」艦攻隊は同じく左方に、それぞれ回り込む。「蒼龍」「飛龍」の艦爆隊は、各中隊毎に斜め単横陣を形成し、敵艦隊の前方から接近する。

「木崎一番より二中隊。目標、敵三番艦。俺に続け！」

木崎は、指揮下の五機に下令した。

「木崎二番、了解！」

「木崎三番、了解！」

「塚本一番、了解！」

二番機の戸倉一平一等飛行兵曹、三番機の上原武夫二等飛行兵曹、二中隊二小隊長の塚本直巳少尉が、それぞれ応答を返す。

村田少佐が直率する第一中隊が、真っ先に海面すれすれの高度まで舞い降り、横一線に展開する。

木崎も村田に倣い、第一中隊の左斜め後方に展開する。

一中隊の第二小隊長として、村田の指揮ぶりを間近に見て来た身だ。一中隊に遅れは取らない。

「三中隊どうか？」

「当隊の左方に展開！」

「了解！」

偵察員長瀬忠雄一等飛行兵曹の答を聞き、木崎はごく短く返答した。

これで「土佐」艦攻隊は、全機が突撃の態勢を取ったことになる。

「加賀」隊の動きや、二航戦の動きは分からない。彼らもまた、各々の目標に狙いを定め、必中を狙っていると信じる以外にない。

村田の第一中隊が突撃を開始し、木崎もエンジン・スロットルを開いた。

中島「栄」一一型エンジンが高らかに咆哮し、九七艦攻が低空から突撃を開始した。

前方に、多数の発射炎が閃く。巡洋艦、駆逐艦の対空射撃だ。

周囲で次々と敵弾が炸裂し始め、鋭い弾片が高速で飛散し始めた。

　弾片が海面に落下し、飛沫を上げる。右、あるいは左から襲う爆風が、九七艦攻の機体を煽る。

　機体が右、あるいは左に傾き、主翼の端が波頭に接触しそうになる。機体が傾くというより、左右の海面が壁になって、のしかかって来るような錯覚に囚われる。

「山形機被弾！」

　電信員の米田正治二等飛行兵曹が叫び声を上げた。

　第二小隊の二番機だ。中堅の山形五郎一等飛行兵曹が機長と偵察員を兼任しているが、操縦員と電信員は今回が初陣だ。

　木崎が視線を向けたとき、山形機の胴体下から九一式航空魚雷が落下し、海面に飛沫を上げた。

　山形は、敵戦艦までは機体が保たないと判断し、この場での発射を命じたのだろう。どの艦であっても命中すれば、敵に損害を与えられる。

　山形以下の三名が、木崎に敬礼したように見えた。

　次の瞬間、山形機のコクピットは黒煙に覆われ、機体は海面に落下して飛沫を上げた。

「木崎一番より二中隊、高度をもっと下げろ！」

　木崎は指揮下の全機に命じると共に、操縦桿を前方に押し込んだ。

　間近に見えていた海面が、更に近づいた。木崎機は、ほとんど海面に張り付くような形になった。僅かな操縦ミスが、搭乗員三名の死に直結する高度だ。

「後続機どうか？」

「全機、海面に張り付いています！」

「よし！」

　長瀬の報告を受け、木崎は頷いた。

　見たか、米軍。「土佐」艦攻隊自慢の、海面の匍匐前進だ――と、胸中で敵に言葉を投げかけた。

　敵弾は、なおも唸りを上げて飛来する。

　一二・七センチ両用砲弾の射撃に、機銃の火箭が加わる。

　艦上から乱れ飛ぶ赤や黄色の曳痕が、頭上を通過し、あるいは翼端をかすめて、海面に線状の飛沫を上げる。

敵の護衛が、目の前に迫る。スマートな艦体を持つ駆逐艦が白波を蹴立て、木崎機の前に割り込んで来る。艦そのものをぶつけて、艦攻を押し潰さんとする動きだ。

木崎は駆逐艦の艦首をかすめ、輪型陣の内側に突入した。艦首の周囲に上がる飛沫が一瞬視界に入ったが、すぐに死角へと消えた。

「何機が健在だ⁉」

「視界内に三機を確認！」

「よし！」

木崎は顔を正面に向けたまま、長瀬の報告を受けた。

「二中隊、魚雷を全部ぶち当てるぞ！」

部下全員に、木崎は宣言するように言った。

「了解！」

各機から、時間差を置いて返答が返される。


その間にも、木崎機は目標との距離を詰めてゆく。弧状の航跡を引き、急速転回する巨体が、視界に入って来た。

艦の中央に、丈高い籠(かご)マスト二基を持つ巨艦だ。主砲塔は、前後に二基ずつ装備している。

連装ならコロラド級、三連装ならサウス・ダコタ級かテネシー級と判断できるが、砲身の数までは判別できなかった。

敵戦艦の艦上から、射弾が飛んで来る。握り拳ほどもある曳痕が、コクピットの真上を通過する。

一発でも当たれば、即座に機体が破壊されそうな気がするが、木崎機は敵弾をかいくぐり、海面すれすれの高度を突進する。

照準器の白い環が、敵艦を捉えた。

「用意、てっ！」

一声叫び、木崎は魚雷の投下レバーを引いた。

操縦桿を前に押し込み、発射後の上昇を最小限に抑える。

直後、敵戦艦の艦上で爆発が起こり、黒煙が噴出した。

艦上だけではない。周囲の海面でも、続けざまに弾着の飛沫が上がり、しばし敵戦艦の姿を隠す。

二航戦の艦爆隊が、一足先に投弾したのだ。

木崎機は、至近弾落下の余韻（よいん）が収まらぬ海面の真上を飛び続ける。

敵戦艦の艦尾付近から左舷側に抜けるとき、艦上から漂い流れる黒煙が視界を遮るが、高速で回転するプロペラが、後方へと吹き飛ばす。

敵戦艦が、後方から射弾を浴びせて来る。

二中隊が目標とした三番艦だけではない。その隣にいた四番艦までもが、艦上から火箭を飛ばす。

二隻の戦艦が、輪型陣の中に突入した九七艦攻を逃がすまいと、前後から猛射を浴びせて来る。

敵弾が飛び交う中、「水柱一本、いや二本確認！」との報告を、木崎ははっきりと聞いた。

電信員席の、米田二飛曹の声だった。

一五分後、木崎は三〇〇〇メートルの高度から、米艦隊を見下ろしていた。

「戦列からの落伍は四隻だな」

との呟きが漏れた。

魚雷が命中したのは、「土佐」隊が狙った一、三番艦と、「加賀」隊が狙った二、四番艦だ。隊列の前方にいた艦四隻に、魚雷一本乃至二本が命中し、周囲に重油が漏れ出している。

これら四隻には、二航戦の艦爆隊が投下した二五番も命中している。

最後尾にいる二隻、五、六番艦は、無傷のようだった。

「全魚雷の命中とはいきませんでしたね」

「二本命中しただけでも上出来だ」

長瀬の言葉に、木崎は応（こた）えた。

木崎が発射した時点で、二中隊は木崎機も含めて四機乃至五機が健在だった。

あの凄まじい対空砲火の中、二本を命中させただけでもたいしたものだ。

二中隊は、見事な戦果を上げたと言える。

ただし、犠牲は少なくない。

二中隊の残存は、木崎を含めて三機。村田少佐の一中隊は四機、第三中隊は三機だ。「土佐」艦攻隊は、半数近くを失ったことになる。

「加賀」艦攻隊、「蒼龍」「飛龍」の艦爆隊も、大きく数を減らしている。

敵戦闘機との交戦がなかったことを考えれば、異常と言えるほどの損耗率だ。

開戦時に比べ、敵の対空火力は著しい向上を見せている。

そのことを、実感せずにはいられなかった。

「村田一番より全機へ。帰投する」

総指揮官の命令が届いた。村田隊長も、生き延びたのだ。

木崎は二中隊の先頭に立ち、一中隊の後方に付けた。

後は、一二〇浬の距離を飛び、母艦に足を降ろすだけだ。

3

日付が九月五日に変わってから間もなく、戦艦「赤城」の通信室が、索敵機の報告電を受信した。

「敵艦隊見ユ。位置、『オロテ岬』ヨリノ方位一五度、二〇浬。敵ハ戦艦二、巡洋艦五、駆逐艦一〇以上。敵針路二七〇度。〇〇一一(マルマルヒトヒト)（現地時間一時一一分）」

「オロテ半島の北側だな」

通信長中野政知(なかのまさとも)中佐から報告を受け取った有馬馨「赤城」艦長は、敵艦隊の位置とグアム島の地図を頭の中で重ねた。

敵艦隊は、航空攻撃によって戦艦四隻を戦列外に失ったにも関わらず、グアム死守の態勢を取っているのだ。

「こっちは四隻。敵は二隻。数では、こっちが圧倒している……」

有馬は、「赤城」の前を行く第一戦隊旗艦「長門(ながと)」を見て呟いた。

「赤城」は第四艦隊に所属しており、空母の護衛を主任務としているが、日没の直前、第二艦隊の第一戦隊に編入された。

「赤城」は第四艦隊に異動する前は、第一戦隊に所属し、「長門」「陸奥(むつ)」と輪番で連合艦隊旗艦を務めていたため、一時的に古巣(ふるす)に戻った格好だ。

第二艦隊は第一戦隊以外に、第二戦隊の戦艦「伊勢(いせ)」「日向(ひゅうが)」、第四戦隊の重巡「愛宕(あたご)」「鳥海(ちょうかい)」「摩耶(まや)」、第五戦隊の重巡「那智(なち)」「足柄(あしがら)」、第二水雷戦隊の軽巡「神通(じんつう)」と駆逐艦一六隻を擁している。

本来の任務は、艦砲射撃による敵飛行場の完全破壊だが、その前に敵艦隊を叩かねばならない。

「戦艦が三分の一に激減した以上、米艦隊は撤退するのではないか」

有馬はそのように考えていたが、米艦隊は被弾した戦艦四隻に駆逐艦を付けて後退させただけで、戦艦二隻、巡洋艦五隻、駆逐艦十数隻は、オロテ半島の沖に留まり続けた。

「米艦隊は、グアム死守の態勢を取っている」

第二艦隊司令部はそのように判断し、指揮下の全艦にグアムへの進撃を命じたのだ。

気がかりなのは、敵戦艦の型が不明であることだ。

第三艦隊旗艦「土佐」からは、

「敵戦艦二隻ノ主砲ハ三連装四基」

との情報が届けられている。

思い当たるのは、テネシー級、ニューメキシコ級、ペンシルヴェニア級といった三五・六センチ砲の搭載艦と、アジア艦隊に配備されていたサウス・ダコタ級戦艦だ。

三五・六センチ砲の搭載艦なら日本艦隊の四隻で充分相手取れるが、サウス・ダコタ級戦艦であれば、かなりの強敵だ。

長砲身の五〇口径四〇センチ主砲一二門を装備し

ており、世界の戦艦中、最強の火力を誇る。盟邦英国の四〇センチ砲搭載艦ネルソン級、最新鋭戦艦キング・ジョージ五世級も、サウス・ダコタ級戦艦に及ばない。

日本側では、「長門」と「赤城」が四〇センチ主砲を装備するが、砲身長が四五口径とやや短く、砲弾の装甲貫徹力が劣る。

門数も連装四基八門と、サウス・ダコタ級の三分の二だ。

「赤城」は連装砲塔五基一〇門を装備していたが、四月二五日のサイパン沖海戦で、第三砲塔を失った。四〇センチ砲塔を修理するだけの時間も、予算もないため、第三砲塔の跡には、一二・七センチ連装高角砲八基が装備されている。

機動部隊の直衛艦としては能力が向上したが、主砲火力は二割減となったのだ。

第二戦隊の「伊勢」「日向」は三五・六センチ砲戦艦であり、サウス・ダコタ級と戦うのは、かなりの冒険になる。

数の上で日本側が優勢だからといって、楽観はできない。パラオ沖海戦で損傷した「陸奥」の修理が終わっていれば、もう少し有利に戦えたのだが。

（とにかく、砲火を交えてみる以外にない）

そう考え、有馬は会敵を待った。

この日の月齢は二二。半月だ。

月が夜空に姿を見せてから、まださほど時間が経っていない。

前を行く「長門」の姿は、東から差し込むおぼろげな月明かりによって、ぼんやりと浮かび上がっている。

「長門」の前方に位置する重巡や、第二水雷戦隊の駆逐艦は、「赤城」の艦橋からは目視できなかった。

〇時四七分、三つの報告が続けざまに飛び込んだ。

「逆探に反応。敵電波探知。出力増大中！」

「『神通』より入電。『艦影二。左一〇度。距離一一〇（一万一〇〇〇メートル）！』」

「対空用電探、感三。一七〇度、一五浬！」

「来たか」

有馬は、宮尾次郎航海長と顔を見合わせた。

「赤城」には、今回の作戦に先立って、逆探が装備されている。敵の電探波を捉えることで、敵艦隊の所在や電探使用の有無を探るものだ。

逆探に反応があった以上、敵は既にこちらの艦影を捉えていると考えられる。

いつ、砲撃が開始されてもおかしくない。

「旗艦より命令。『全艦、観測機発進』」

「艦長より飛行長。観測機発進！」

中野政知通信長の報告を受け、有馬は稲村宏飛行長に命令を送った。

艦橋の後ろから射出音が連続して届き、艦載機の爆音が聞こえ始める。

「赤城」が搭載する零式水偵一機、零式観測機二機が夜空に放たれたのだ。

前を行く第一戦隊旗艦「長門」の艦上からも、観測機が放たれる様が見え、後部見張員が「『伊勢』『日向』より観測機発進」と伝えて来る。

海面付近に轟いていた爆音が、上空に向けて遠ざかって行く。

入れ替わるようにして、第二艦隊の上空にも爆音が接近した。

その音が後方に抜けるや、上空に複数の光源が出現し、各艦の姿を浮かび上がらせた。

「敵機はカタリナ！」

との報告が、射撃指揮所から届く。

グアムの水上機基地から、飛来したものであろう。

数秒後、前方の海面に閃光が走った。

閃光が観測されたのは二箇所だけだったが、複数の艦影が瞬間的に照らし出され、水平線がくっきりと浮かんだ。

敵弾の飛翔音が、前方から急速に近づく。

隊列の前方に位置する「神通」や五隻の重巡ではなく、戦艦を狙ったようだ。

「来るぞ！」

有馬が叫んだとき、「長門」の左舷側海面に、複数の巨大な水柱がそそり立った。

頂(いただき)は、「長門」の艦橋のみならず、メインマストをも大きく超えて伸び上がった。

至近距離への弾着はなかったが、一瞬「長門」が右舷側に傾いたように見えた。

水中爆発のくぐもったような炸裂音が聞こえたとき、「赤城」にも敵の射弾が迫った。

こちらは「長門」への射弾とは逆に、右舷側海面に落下する。

夜目(よめ)にも白い海水の壁が、「赤城」の右脇に出現した。

炸裂音と共に爆圧が伝わり、束の間「赤城」の巨体が持ち上げられたように感じた。

「サウス・ダコタ級だ。間違いない」

有馬は、そう確信した。

「赤城」はこれまでに二度、長砲身四〇センチ砲を持つ米戦艦と交戦している。

新鋭戦艦のアラバマ級と巡洋戦艦のレキシントン級だ。

弾着時の水柱の大きさは、はっきりと両目に焼き付いており、爆圧は身体が覚えている。

たった今の着弾は、明らかに長砲身四〇センチ砲から発射された敵弾だ。

サウス・ダコタ級戦艦六隻のうち、四隻はフィリピンで沈んだが、米軍は残る二隻をグアム島の防衛に投入したのだ。

敵が二対四の戦いを受けて立ったのも、納得がゆく。

サウス・ダコタ級戦艦二隻であれば、日本戦艦四隻を相手取っても勝てると、敵の指揮官は判断したのだろう。

「艦長より通信。旗艦に報告。『我、砲撃ヲ受ク。敵戦艦二隻ハ〈サウス・ダコタ級〉ト認ム。〇〇五(マルマルゴ)七(ナナ)』」

「『我、砲撃ヲ受ク。敵戦艦二隻ハ〈サウス・ダコタ級〉ト認ム。〇〇五七』。旗艦に報告します」

中野通信長が復唱を返す。

その間に、敵戦艦二隻は第二射を放っている。

今度は「長門」の右舷側海面と「赤城」の左舷側海面に、それぞれ敵弾が落下し、海面を激しく沸き返らせる。

「通信より艦長。旗艦より入電。『艦隊針路二二五度』」

敵弾落下の狂騒が収まるより早く、中野が報告を上げた。

「丁字を描くつもりか」

有馬は、第二艦隊司令長官近藤信竹中将の意図を悟った。

日本軍の戦艦四隻は、サウス・ダコタ級より優速だ。二二五度に変針すれば、敵艦隊の頭を抑え、丁字を描ける。

主砲の破壊力で劣る日本艦隊にとっては、これが最も有効な戦術だと、近藤は考えたのだろう。

「『長門』より入電。『戦隊針路二二五度。我ニ続ケ』」

「航海、面舵一杯。針路二二五度！」

「艦長より砲術。主砲、左砲戦！」

中野の報告を受け、有馬は宮尾と砲術長永橋為茂中佐に命じた。

「面舵一杯。針路二二五度。宜候！」

中野が復唱を返し、操舵室に指示を伝える。

射撃指揮所の永橋からも「主砲、左砲戦。宜候」と復唱が返される。

前方では、四、五戦隊の重巡、二水戦の駆逐艦が、一足先に面舵を切っている。

巡洋艦、駆逐艦は、戦艦四隻の左舷側に展開し、敵の巡洋艦、駆逐艦を牽制するのだ。

敵戦艦二隻が第三射を放つ。

敵弾の飛翔音が、夜の闇を震わせる。

五〇口径の長砲身砲から放たれた四〇センチ砲弾が、突撃する重巡、駆逐艦の頭上を飛び越え、「長門」

と「赤城」に迫りつつあるのだ。

「長門」が先に回頭を開始し、「赤城」が続いた。

艦首が見えない手に引き回されているように、右に大きく振られ、前部二基の主砲塔は、艦の動きとは逆に、左舷側に旋回する。

「赤城」が直進に戻る前に、敵戦艦の射弾が落下した。

最初に「赤城」と「長門」の間に弾着の水柱が奔騰し、「長門」の姿を隠した。束の間、「長門」が轟沈したかと錯覚する光景だった。

水柱が崩れ、「長門」が姿を現した直後、「赤城」の周囲にも敵弾が落下した。

今度は全弾が、艦の左舷側海面に落下し、しばし左舷側の視界を塞いだ。

直撃弾も至近弾もないが、弾着は「赤城」が直進を続けていた場合の未来位置だ。面舵を切らなかったら、被弾したかもしれない。

「一戦隊司令部より受信。『一戦隊目標、一番艦。二戦隊目標、二番艦』」

中野が報告を上げたとき、敵艦隊の上空に、複数の光源が出現した。

今度は、日本側の観測機が吊光弾を投下したのだ。

「艦長より砲術。目標、敵一番艦。目標、敵一番艦！」

「目標、敵一番艦。宜候！」

復唱を返す永橋の声に、気負いは感じられない。

戦艦同士の砲戦は、今回で三度目だ。過去二回と同様にやればよい、と考えているのかもしれない。

敵戦艦二隻は、しばし沈黙している。
一、二戦隊の変針に伴い、相対位置が変わったため、諸元計算をやり直しているのかもしれない。
「赤城」よりも一足早く、「長門」が砲撃を開始した。

正面に閃光が走り、巨大な火焔が湧き出した。「長門」の第三、第四砲塔や後部指揮所、煙突が、瞬間的に浮かび上がり、砲声が「赤城」の艦上に伝わった。

「目標、敵一番艦。砲撃始めます」

「よし、砲撃始め！」

有馬は、落ち着いた声で命じた。

直後、「赤城」の前甲板から左舷側に向け、橙色（だいだいいろ）の炎が噴出した。

雷鳴のような砲声が艦橋を包み、「赤城」の艦体が震えた。

「赤城」は第一射を放ったのだ。

4

日本戦艦の発射炎は、海上の四箇所で確認された。

敵弾は、夜の大気を激しく震わせながら飛来し、第七戦艦戦隊（BD7）のサウス・ダコタ級戦艦「ノース・カロライナ」「モンタナ」の周囲に、弾着の水柱を奔騰させた。

「弾着位置、いずれも遠。至近弾なし」

「モンタナ」の砲術長ヘンリー・ジャクソン中佐が、艦橋に報告を上げた。

「敵戦艦との距離は？」

「一万一〇〇〇ヤード（約一万メートル）！」

「敵の針路は？」

「二二五度！」

「トーゴーの戦術か」

ジャクソンの答を聞いた「モンタナ」艦長トーマス・オルドリッジ大佐は、日本艦隊との相対位置を脳裏に描いた。

第一九任務部隊（TF19）は三列の複縦陣を組み、針路を二七〇度に取っている。

駆逐艦一五隻が最前列に位置し、その後方に重巡洋艦二隻、軽巡洋艦三隻、最奥部に二隻のサウス・ダコタ級戦艦が布陣する。

一方の日本艦隊は、TF19と四五度に交わる針路を取っている。

対馬（ツシマ）沖で、東郷平八郎（ヘイハチロー・トーゴー）がロシア・バルチック艦隊相手に採ったT字戦法をやや変則的にした形だ。

敵の指揮官は、TF19の頭を抑えつつ、数の優位を活かすつもりであろう。

「『シェパード2』より『ハンター1』。針路変更の要有りと認む」

オルドリッジは、旗艦「ノース・カロライナ」の司令部を呼び出した。

T字を描かれれば、TF19は前部の主砲しか使えなくなる。

今のうちに、同航戦に移った方が得策だ。

「『ハンター1』より『シェパード2』。針路このまま。彼我の距離が詰まったところで、同航戦に移行する」

「『シェパード2』了解」

TF19司令官ウォルター・アンダーソン少将の命令に、オルドリッジは返答した。

一万一〇〇〇ヤードは、昼間であれば比較的近距離だが、夜間の砲戦距離としては遠い。

月は出ているものの、半月では光量が少ない。吊光弾も遠方の小さな影をおぼろげに照らすだけだ。

この状況下では、高い射撃精度は期待できない。

互いに接近したところで同航戦に移行し、二艦合計二四門の長砲身四〇センチ砲で敵戦艦を叩き潰そうというのが、アンダーソン司令官の考えであろう。

(敵を内懐に引き込んで叩くやり方ですな)

オルドリッジは、胸中でアンダーソンに呼びかけた。

司令部とやり取りをしている間に、「モンタナ」は「ノース・カロライナ」と共に、第四射を放っている。

合衆国戦艦は、最初からの斉射を用いることが多いが、今回は彼我の距離が開いているため、各砲塔一門ずつの交互撃ち方だ。

前部二門、後部二門の長砲身四〇センチ砲が轟然(ごうぜん)と火を噴き、重量一トンの巨弾四発を叩き出す。

敵戦艦の第二射弾も、唸りを上げて飛来する。

「ノース・カロライナ」と「モンタナ」の間に突き上がった水柱が、しばし旗艦の姿を隠す。

「モンタナ」目がけて放たれた射弾は、右舷側海面にまとまって落下する。

水柱には、カリフォルニア・オレンジのような橙色に染まったものと、パイナップルの果肉のような黄色に染まったものがある。

日本海軍が各艦毎の弾着を識別するため、砲弾に仕込んだ染料の色だ。

水柱の太さ、高さは、「ノース・カロライナ」の近くに噴き上がったものに比べて小さい。

敵戦艦のうち二隻は、三五・六センチ砲装備の戦艦――伊勢型（イセ・タイプ）、扶桑型（フソウ・タイプ）、金剛型（コンゴウ・タイプ）のいずれかと思われた。

「第四射、全弾近」

ジャクソンから報告が届く。

敵戦艦に、火災を起こしている艦はない。

「ノース・カロライナ」も「モンタナ」も、合計八発の四〇センチ砲弾を海に投げ込んだだけに終わったのだ。

「砲術より艦長。こちらも変針し、距離を詰めては？」

「焦（あせ）るな。距離は、ジャップの方から詰めて来る」

ジャクソンの具申に、オルドリッジは返答した。

（できることなら、目一杯距離を詰め、サウス・ダコタ級の主砲を存分に撃ちまくりたいところだが）

腹の底で、オルドリッジは呟いた。

オルドリッジも、ジャクソンも、開戦前から一貫して「モンタナ」の艦長、砲術長を務めている。

世界最強の火力を持つサウス・ダコタ級戦艦を任されたことは、この上ない栄誉（えいよ）だと感じており、日本艦隊などは容易く一掃できると信じていた。

ところが「モンタナ」とオルドリッジ以下の乗員を待ち受けていたのは、リンガエン湾海戦における敗北であり、フィリピンからの惨（みじ）めな脱出だった。

サウス・ダコタ級戦艦の艦長としては、これ以上はないほどの屈辱であり、ハワイの海軍工廠（こうしょう）で修理を受けている間も、ひたすら日本海軍への報復を考えていた。

その「モンタナ」と姉妹艦「ノース・カロライナ」に、ようやく復讐戦の機会が訪れたのだ。

昼間の航空攻撃で、戦艦六隻中四隻が損傷し、戦列から離れたのは痛手だったが、サウス・ダコタ級二隻が残っていれば勝算はある。

ただし、闇雲に敵との距離を詰めるのは禁物だ。

夜戦では、砲撃以上に雷撃を警戒しなければならない。特に日本海軍が持つ魚雷は射程距離、速度性能、炸薬量、隠密性の全ての面で、合衆国海軍の魚雷を上回っている。

ここは、慎重に動く必要があった。

(昼間の空襲で、本艦と『ノース・カロライナ』を見逃したのが貴様らの失敗だ、ジャップ。合衆国最強、いや世界最強のサウス・ダコタ級戦艦二隻がある限り、貴様たちはグアムに指一本触れられぬ)

オルドリッジは、胸中で日本艦隊に呼びかけた。

この間にも、BD7は日本戦艦と砲火を交わす。

第五射、第六射と繰り返し射弾を放ち、敵弾も繰り返し落下するが、彼我の巨弾は海面を叩き、大量の海水を噴き上げるばかりだ。

「モンタナ」が「ノース・カロライナ」と共に通算七度目の射弾を放った直後、艦の右舷側海面に、味方艦のシルエットが浮かび上がった。

第六巡洋艦戦隊の重巡「サンフランシスコ」「ミネアポリス」と第九巡洋艦戦隊の軽巡「ブルックリン」「ナッシュヴィル」「サヴァンナ」が砲撃を開始したのだ。

CD6の重巡は二〇・三センチ三連装砲三基九門を、CD9の軽巡は一五・二センチ三連装砲五基一五門を、それぞれ装備しているが、視界が充分とは言えないためだろう、各砲塔一門ずつの交互撃ち方で弾着修正を行っているようだ。

巡洋艦五隻にやや遅れて、一五隻の駆逐艦も砲撃を開始する。

発射の度、発射炎が逆光となって艦影を浮かび上がらせ、砲声が「モンタナ」の艦上にも伝わって来る。

「観測機より受信。『敵巡洋艦、駆逐艦発砲』」

通信長エルドン・ジョーンズ中佐が報告を上げる。

巨弾が飛び交う真下で、巡洋艦の中口径砲弾、駆逐艦の小口径砲弾が飛び交い、海面を激しく沸き返らせる。

日本軍の駆逐艦は最初から全主砲を撃っているが、五隻の巡洋艦は戦艦同様、交互撃ち方を用いているようだ。

視界が利かないことに加え、砲戦距離が大きいため、無駄弾を出さぬよう注意しているのだろう。

最初の直撃弾は、合衆国側が得た。

敵の隊列の中に火焔が躍り、敵の艦影が浮かび上がった。

直後、CD9の一隻——ブルックリン級軽巡の「サヴァンナ」が、連続しての斉射に移った。

およそ六秒から七秒置きに、艦上に発射炎を走らせ、艦影がくっきりと浮かび上がる。

「モンタナ」の艦上に届く砲声には、ほとんど切れ間がない。前の砲撃の余韻が収まったと思ったときには、次の砲声が届いている。

機関銃並とまでは言わないが、弓の名人が次々と矢を射ているようだ。

「こいつがブルックリン級の連続砲撃か」

オルドリッジは、感嘆の思いを込めて呟いた。

ブルックリン級軽巡が装備する四七口径一五・二センチ砲は、毎分一〇発の発射速度を有している。

一発当たりの破壊力は重巡の二〇・三センチ主砲に及ばないが、短時間で多数の弾量を叩き付けることができる。

昨年一一月二日のサンティアゴ島沖海戦（公称は日米同じ）では、ブルックリン級、セントルイス級の軽巡三隻が、三艦合計四五門の一五・二センチ砲を振るって、コンゴウ・タイプと互角以上の戦闘を演じたこともある。

その猛射が今、日本軍の巡洋艦、駆逐艦に浴びせられていた。

最初に被弾した敵艦に、更なる命中弾が浴びせられたのか、火災炎が一層激しく燃えさかる。

その後方二箇所で、新たな火焔が躍る。新たに二隻の敵艦に、射弾が命中したのだ。

CD9の二番艦「ナッシュヴィル」、三番艦「ブルックリン」が「サヴァンナ」に続いて、連続斉射に移る。

六秒置きに一五発ずつ発射される一五・二センチ砲弾が、敵艦を容赦なく叩き潰し、残骸に変えてゆく。

「砲術より艦長。敵一、二番艦、後部主砲塔の射界から外れます」

ジャクソンが新たな報告を上げた。

日本艦隊がTF19の前方に回り込みつつあるため、後部の主砲塔が敵を捉えられなくなったのだ。

「砲術、三、四番艦には全主砲を向けられるか？」

「可能です」

「よし、目標を敵三番艦に変更。斉射で行け！」

彼我の相対位置が変わると共に、距離が詰まっているため、命中弾を得やすくなっている。

今のうちに、叩き易い艦を叩くと決めた。

「目標、敵三番艦。斉射を用います」

復唱を返すジャクソンの声には、いよいよ本領発揮だ、と言いたげな喜びが感じられた。

「モンタナ」はこれまで、自慢の長砲身四〇センチ主砲一二門の斉射を、実戦で放つ機会がなかった。

昨年一〇月二五日のリンガエン湾海戦では、航空攻撃によって一方的に叩かれるばかりであり、続けて生起したマニラ湾口海戦には、損傷のために参加できなかった。

姉妹艦の「インディアナ」「マサチューセッツ」が、沈没したとはいえ戦艦らしく戦ったことを考えれば、何とも恥ずかしい。

だが今、その屈辱を晴らすときが来た。

「モンタナ」が敵戦艦を標的に、斉射を放つ瞬間が来たのだ。

「敵三番艦に測的完了。全主砲、射撃準備よし！」

「オーケイ、撃て（ファイア）！」

ジャクソンの報告を受け、オルドリッジは命じた。

「モンタナ」の右舷側に、この日初めて見る、巨大な発射炎がほとばしった。

強烈な砲声が艦全体を包み、束の間、全ての音をかき消した。基準排水量四万三二〇〇トンの鋼鉄製の艦体が激しく震え、僅かに左舷側へと傾いだ。

オルドリッジには、艦が溜まりに溜まった鬱憤（うっぷん）をいちどきに晴らしたように感じられる。

サウス・ダコタ級戦艦の三番艦「モンタナ」が、初めて敵艦への斉射を放った瞬間だった。

5

敵戦艦の斉射弾が落下した瞬間、第二戦隊旗艦「伊勢」の前方から左舷側海面にかけて、見上げんばかりの巨大な海水の柱が奔騰した。

艦首と左舷側の艦底部を爆圧が突き上げ、基準排水量三万五八〇〇トンの艦体が上下に、あるいは左右に激しく動揺した。

「『伊勢』『日向』とも、一斉撃ち方に変更！」

「一斉撃ち方ですか、司令官？」

「伊勢」艦長武田勇（たけだいさむ）大佐は、第二戦隊司令官副島（そえじま）大助（だいすけ）中将に聞き返した。

「一斉撃ち方だ。命中確率を少しでも高める」

「艦長より砲術。一斉撃ち方！」

副島の断固たる命令を受け、武田は射撃指揮所に下令した。

（本艦がやられる前に、ということか）

武田は、副島の考えを推測した。

「伊勢」は砲戦開始以来、「日向」と共に敵二番艦を砲撃していたが、まだ命中弾を得ていない。

だが、敵の砲口は「伊勢」に向けられた。サウス・

ダコタ級戦艦の四〇センチ砲弾を喰らって、「伊勢」が無事でいられるとは到底思えない。

　こちらがやられる前に、一発でも多くの主砲弾を撃ちたいと副島は考えたのだろう。

「一斉撃ち方、宜候！」

　砲術長長島浩樹中佐が復唱を返した。

　敵二番艦が「伊勢」に向けて第二斉射を放った直後、「伊勢」も第一斉射を放った。

　連装六基一二門の三五・六センチ主砲が轟然と咆哮し、「伊勢」の巨体がきしむような音を立てた。艦齢二五年に達し、経年劣化が進んだ艦体が、斉射の反動に耐えかねているようだった。

「後部見張りより艦橋。『日向』斉射！」

　との報告が届く。

「日向」艦長松田千秋大佐も、二戦隊司令部の命令を受け、斉射に踏み切ったのだ。

　敵弾の飛翔音が聞こえ始めた。

「伊勢」の周囲の大気が、恫喝しているように激しく鳴動した。

（かわせ、『伊勢』。かわせ！）

　武田が艦に呼びかけたとき、艦の左右両舷に敵弾が落下した。

　強烈な爆圧が艦底部を突き上げ、艦全体が大きく持ち上げられたような気がした。

　同時に艦首から凄まじい衝撃が襲いかかり、艦が大きく前にのめった。浮き上がろうとする艦を、見えざる巨大な拳が叩き落としたかのようだった。

　衝撃が収まったとき、武田は「伊勢」が前方に傾斜していることに気づいた。

　艦首が大きく断ち割られ、裂け目から噴出する黒煙が、艦橋付近まで漂い流れる。

「艦長より機関長。両舷停止。急げ！」

　武田は、機関長遠藤昭平中佐に命じた。

「伊勢」を襲った敵弾は艦首甲板を貫通し、艦底部にまで達して炸裂した。

　全速航進を続ければ、艦首からの浸水が拡大し、

日本海軍 戦艦「伊勢」

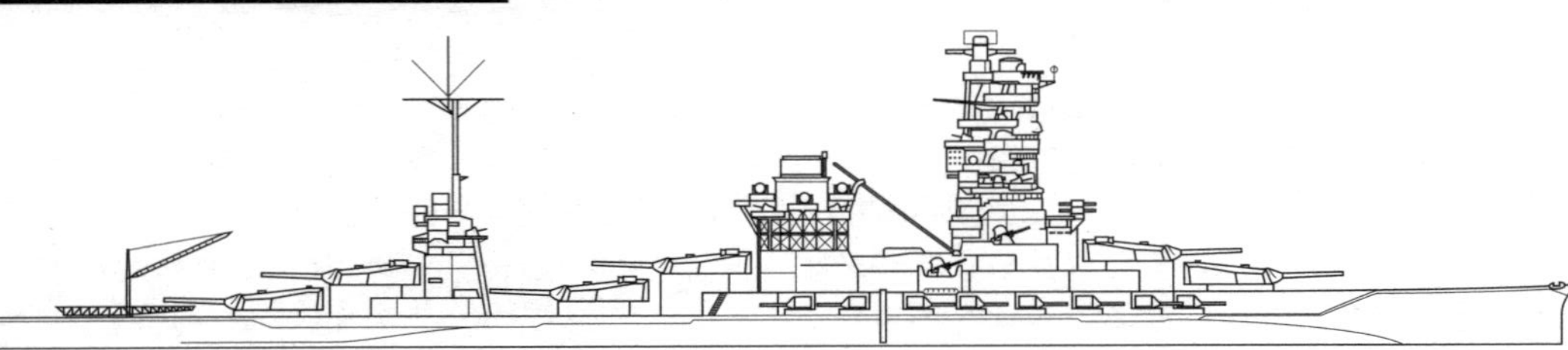

全長	213.4m
最大幅	33.9m
基準排水量	35,800トン
主機	艦本式オールギヤードタービン 4基／4軸
出力	80,000馬力
速力	25.4ノット
兵装	35.6cm 45口径 連装砲 6基 12門
	14cm 50口径 単装砲 16門
	12.7cm 40口径 連装高角砲 4基 8門
	25mm 連装機銃 10基
航空兵装	水上機 3機／射出機 1基
乗員数	1,385名
同型艦	日向

日本海軍が扶桑型に続いて建造した伊勢型戦艦の１番艦。扶桑型の建造、運用で明らかになった欠点を改良し、より実用性の高い戦艦として大正６年12月に竣工した。その後、大正10年、大正13年と小改造を行い、砲戦距離を延伸している。さらに昭和10年８月から12年３月にかけて行われた近代化改装により、主機の出力向上、バルジの装着などの改修が施され、今次大戦勃発時には艦齢24年を超える老艦ながら、列強の戦艦と互するだけの実力を保っている。たび重なる改修を繰り返す理由として、日本海軍の基本戦略が大艦巨砲主義から航空主兵主義に変更されたため、高速戦艦「赤城」を最後に戦艦の建造を取りやめており、35.6センチ砲搭載艦の本艦でも貴重な戦力とされていることが挙げられる。

艦が沈没する。

かといって停止すれば、敵艦に滅多打ちにされる危険がある。

将棋で言う「詰み」だが、動きを止めれば、敵は「伊勢」が航行不能になったと判断し、砲撃を中止するかもしれない。

武田は、少しでも助かる可能性が高い方を選択したのだ。

「両舷停止。宜候！」

復唱が返され、「伊勢」が身震いする。

遠藤は「伊勢」を一秒でも早く停止させるため、推進軸に逆回転をかけたのだ。

「伊勢」がきしむような音を立てて減速する中、新たな敵弾の飛翔音が聞こえ始める。

苦悶しつつも生き延びようとする艦に、「悪あがきは止めろ」と嘲笑を浴びせているかのようだ。

「伊勢」が停止した直後、艦の前方に多数の水柱が上がった。

「しめた！」

武田は、咄嗟の判断が奏功したと悟った。

目標の未来位置を狙って放たれた敵弾は、「伊勢」の停止によって外れ、前方に落下したのだ。

（どうする、米軍？）

武田は、敵戦艦に呼びかけた。

「伊勢」が航行不能になったと認め、他艦に目標を変更するのか。

あるいは「伊勢」に止めを刺すのか。

敵戦艦の艦上に、新たな発射炎が閃いた。

これだけでは、「伊勢」を狙ったものか、他艦を狙ったものか分からない。

「伊勢」の艦長としては、こちらに来るな、騙されてくれ、と願うだけだ。

ほどなく、敵弾の飛翔音が聞こえ始めた。

「いかん……！」

武田は、悪寒が走るのを感じた。

敵弾が、まっすぐ「伊勢」に向かっていると悟ったのだ。

　敵は、「伊勢」の「死んだふり」に騙されなかった。止めの射弾を放って来たのだ。

「艦長より機関長、後進全速！」

　武田は、遠藤に命じた。

　推進軸に動力が伝えられたのだろう、「伊勢」は身震いし、ゆっくりと後退し始めた。

　速力が上がるよりも早く、敵弾が轟音と共に落下した。

　再び、艦の左右両舷付近に外れ弾が落下し、多数の水柱が艦を囲んだ。

　艦橋の前方から金属的な衝撃音が届き、第二砲塔の天蓋に、巨大な破孔が穿たれた。

　武田が両目を大きく見開いたとき、第二砲塔が内側から引き裂かれるように破壊され、真っ赤な炎の柱が突き上がった。

　第二砲塔の天蓋を容易く貫通した敵弾が、主砲弾火薬庫で炸裂し、誘爆を起こした瞬間だった。

　このとき、第二戦隊の二番艦「日向」は、停止している「伊勢」を右側から追い抜こうとしていた。

「日向」が「伊勢」の前に出ようとしたまさにそのとき、左舷側海面に巨大な海水の壁が出現し、その向こう側が赤く光ったのだ。

　足下に落雷しても、これほどではあるまいと思うほどの大音響が、「日向」の艦上に伝わった。

　水柱が崩れ、「伊勢」の姿が露わになった。

　艦は、第二砲塔付近で二つに分断され、前部も、後部も、炎に包まれている。

　前部は、溶鉱炉の中から取りだしたばかりの鉄塊を思わせる様相を呈しており、後部では、丈高い艦橋が巨大な松明のようになっている。

　松田千秋「日向」艦長は、しばし茫然として、僚艦の無惨な姿を見つめた。

　艦齢二五年に達する旧式戦艦とはいえ、「伊勢」

は三五・六センチ砲一二門を装備する戦艦だ。三万五八〇〇トンの基準排水量と、相応の防御力を持っていた。

それが三度の斉射で、原形を留めぬほど破壊されたのだ。

ルソン沖海戦では、サウス・ダコタ級戦艦の四〇センチ砲弾を喰らった重巡「高雄」が轟沈したというが、「伊勢」も同様の運命を辿った。

長砲身四〇センチ砲が持つ装甲貫徹力の凄まじさを、改めて認識せずにはいられなかった。

航進に伴い、「伊勢」が視界の外に消える。

「艦長より砲術。砲撃続行！」

松田は、「伊勢」への思いを振り切るように命じた。

「砲撃続行します」

砲術長高野栄太郎中佐が復唱を返し、「日向」の三五・六センチ主砲一二門が火を噴いた。

左舷側に向けて巨大な火焔がほとばしり、雷鳴のような砲声が轟く。

一発当たりの破壊力では、「長門」や「赤城」の四〇センチ主砲に及ばないが、砲の門数では五割増しだ。発射時の砲声を聞く限りでは、「長門」や「赤城」に決して劣っていない。

（当たれ。当たってくれ）

松田は、一二発の射弾に祈りを込めた。

砲戦距離は、八〇〇〇メートルまで縮まっている。「日向」の三五・六センチ主砲にとっては近距離と言っていい。命中すればサウス・ダコタ級戦艦といえども、かなりの打撃を与えられるはずだ。

何よりも「伊勢」と副島司令官、武田艦長以下の乗員の仇を取りたかった。

敵二番艦の艦上にも発射炎が閃く。

「日向」を狙ったものか、前を行く「赤城」を狙ったものかは分からない。

敵の艦長が、「より脅威の大きい敵を叩く」と考えたのであれば、「赤城」が狙われる可能性大だが――。

（こっちに来る！）

敵弾の飛翔音を聞いた瞬間、松田は直感した。

夜気が震える不気味な音が急速に拡大し、「日向」の頭上を圧した。

弾着の瞬間、尻を思いきり蹴り上げられるような衝撃が襲い、「日向」は前にのめった。

水柱は視認できない。

敵弾は全弾が後方に落下し、艦尾が至近弾を受けたのだ。

「操舵室、舵に異常はないか⁉」

「機関室、推進軸の状況報せ！」

航海長水野哲雄中佐が操舵室に聞き、松田は機関長山際武夫中佐に報告を求めた。

どちらからも、「異常なし」との報告が返される。

敵二番艦の艦上に、火災炎はない。

「日向」の二度目の斉射は、空振りに終わったのだ。

「日向」が第三斉射を放ち、敵二番艦の艦上にも発射炎が閃く。

発砲の閃光の中、サウス・ダコタ級戦艦の艦影が瞬間的に浮かび上がる。

彼我一二発ずつの巨弾が、夜の闇を貫いて飛翔し、各々の目標へと殺到する。

敵の射弾は、全弾が「日向」の頭上を飛び越し、右舷側海面に落下した。一発が至近弾となり、爆圧が右舷艦底部を突き上げた。

「日向」は左舷側に傾斜し、次いで右舷側に揺り戻される。

「本艦の砲撃はどうだ？」

松田は身を乗り出し、敵二番艦を凝視した。

敵の艦上に火災炎はない。「日向」は、まだ直撃弾を得られていない。

「砲術、どうした⁉　しっかり狙わんか！」

「申し訳ありません。次こそは命中させます」

松田の叱声に、高野砲術長が返答した。

声に、苛立ちが感じられる。

松田の叱責に反発したのではなく、なかなか命中弾を得られない現実に焦っているのだ。

「日向」が通算四度目の斉射弾を放ち、敵二番艦も第三斉射を放つ。

敵弾の新たな飛翔音が「日向」に迫る。

弾着は、またしても「日向」の後方に来た。

艦尾から突き上げられるような衝撃が襲い、「日向」の艦体は激しく上下に揺れ動いた。

「命中！」

艦の動揺が収まらぬうちに、高野が歓声混じりの報告を上げた。

「やったか！」

松田は敵二番艦を見た。

報告された通り、敵の艦上に火災炎らしき赤い光が見える。

「日向」は第四斉射で、ようやく直撃弾を得たのだ。

「連続斉射だ。畳(たた)みかけろ！」

松田は、高野にけしかけるような命令を出した。

サウス・ダコタ級は、世界最強と言っていい戦艦だ。条約明け後に米国が建造したアラバマ級よりも旧式だが、火力は今なお世界一を誇っている。

その世界最強の戦艦を「日向」が——三五・六センチ砲装備の旧式戦艦が打ち破ったとなれば、帝国海軍の歴史に残る一大快事(かいじ)だ。

松田の意志が乗り移ったかのように、「日向」は第五斉射を放った。

敵二番艦の火災炎も大きく揺らめき、閃光が走る。光量は、これまでと変わらない。「日向」の命中弾は、主砲には被害を与えなかったようだ。

彼我の射弾が交錯し、「日向」に敵弾が迫る。飛翔音が、急速に拡大する。

弾着は、「日向」の射弾が先だった。

敵二番艦の火災炎が大きく揺らめき、直後、明るさが増した。

「観測機より受信。『二発命中』」

通信長間慎一(はざましんいち)少佐が弾んだ声で報告した。

直後、「日向」はこれまでにない衝撃に見舞われた。

一瞬、艦尾が沈み込み、艦全体が後方に大きく傾斜したように感じられた。

揺り戻しが起こり、艦が前にのめったところで、左右に奔騰した水柱が崩れ、大量の海水が滝のような音を立てて、艦首甲板や第一、第二砲塔に降り注いだ。

「艦長、舵故障との報告です。舵機室をやられたようです」

操舵室からの連絡を受けた水野航海長が、青ざめた表情で報告した。

「人力操舵に切り替え。急げ！」

松田は、間髪入れずに命じた。

舵機室をやられただけなら致命傷ではない。人力でも、舵取りはできるのだ。「日向」はまだ動けるし、運動の自由を失ったわけでもない。

「日向」は、通算六度目の斉射を放った。

艦尾に直撃弾を受け、傷ついた艦体が痺れるように震え、一二発の三五・六センチ砲弾を叩き出した。

直後、「日向」の艦首が左に振られ、艦が、反時計回りに回頭し始めた。

「操舵室、人力操舵まだか⁉」

水野が怒鳴り込むようにして、操舵室に聞く。

「日向」は舵機室を破壊されたため、舵が水流によって動かされ、同じ場所での旋回しかできなくなったのだ。

このままでは、正確な砲撃を望めない上、一方的に砲撃される。

操舵室から報告が届く前に、第六斉射の射弾が着弾する。

今度は、命中が認められない。敵二番艦の火災炎に変化はない。

舵機室を損傷し、艦が行動の自由を失ったため、一二発の三五・六センチ砲弾は、見当外れの海面に落下したのであろう。

「日向」への敵弾の飛来はない。

巨弾の飛翔音が迫ることも、至近弾落下の水柱が左右両舷付近に奔騰することもない。

「見切られたか」

松田は呟いた。

敵二番艦の艦長は、「日向」の動きを見て、舵が故障したと判断したのだ。行動の自由を失った戦艦に、これ以上の砲撃は無意味と判断したのだろう。

「艦長、操舵室より人力操舵不能との報告です。先の被弾によって通路が塞がれ、人力操舵室まで行けません」

操舵室とやり取りしていた水野が、顔を青ざめさせて報告した。

松田は、「日向」が進退窮まったことを悟った。

舵機室が破壊され、人力操舵も不可能となれば、行動の自由を取り戻す術はない。

この戦いで、日本側が勝利を得れば、戦闘終了後、他艦による曳航が期待できるが——。

「砲術より艦長、左後方より敵駆逐艦接近！」

高野の報告が、松田の思考を中断させた。

「指向可能な全ての砲を動員し、迎撃せよ！」

松田は、咄嗟に下令した。

この直前まで、サウス・ダコタ級戦艦に向けられていた主砲塔が旋回し、新たな敵に狙いを定める。

轟然たる砲声と共に、一二発の三五・六センチ砲弾を叩き出す。

主砲だけではない。一四センチ単装副砲も、一二・七センチ高角砲も砲門を開き、左舷後方から迫る脅威に、中小の砲弾を叩き付ける。

「引導なぞ要らんぞ、米軍！」

吐き捨てるように、松田は言った。

敵の指揮官は、行動不能に陥った「日向」に止めを刺すべく、駆逐艦に雷撃を命じたのだ。

その判断が間違いだったと知らしめてやる。

「日向」は舵を故障していても、火器は全て健在なのだ。駆逐艦など、近寄らせるものではない。

三五・六センチ主砲が新たな咆哮を上げ、一四センチ副砲、一二・七センチ高角砲が撃ちまくる。

敵駆逐艦一隻に、一四センチ砲弾か一二・七センチ砲弾が命中したのだろう、艦上に爆発光が走り、火焰が躍る。

だが、大部分の砲弾は、敵艦から大きく外れた海面に落下している。

舵が故障し、同じ場所を旋回しているのだ。射撃精度は確保できず、主砲弾も、副砲弾や高角砲弾も、見当外れの海面に落下するばかりだった。

荒れ狂い、全ての火器を乱射する「日向」を嘲笑(あざわら)うかのように、敵駆逐艦は距離を詰め、次々と転舵(てんだ)した。

旋回を続ける「日向」の艦腹に、魚雷命中の水柱が次々と突き上がり、艦は力尽きたように、その場に停止した。

6

敵二番艦に火災が発生した直後、「赤城」には第一戦隊司令部から、

「目標、敵二番艦」

の命令が送られていた。

当初は、第一戦隊が敵一番艦を、第二戦隊が敵二番艦を、それぞれ砲撃目標としていたが、第一戦隊司令官鮫島具重(さめしまともしげ)中将は敵二番艦の火災炎を見て、「赤城」に射撃目標の変更を命じたのだ。

「艦長より砲術。目標を敵二番艦に変更！」

「目標、敵二番艦。宜候！」

「最初からの斉射でも構わんぞ」

「いえ、交互撃ち方で行きます」

有馬馨「赤城」艦長の言葉に、砲術長永橋為茂中佐は落ち着いた声で返答した。

敵二番艦の火災炎は、格好の射撃目標になっている。最初からの斉射でも、命中弾を得られる可能性は高い。

だが永橋は砲術教範に従い、最初は弾着修正用の交互撃ち方で行くと伝えて来たのだ。

生真面目な永橋らしい判断だった。

若干の間を置いて、「赤城」は敵二番艦に対する第一射を放った。

各砲塔の一番砲から左舷側に向けて火焔が噴出し、轟然たる砲声が艦上を駆け抜けた。

(早い段階で命中弾を得なければ)

表面上は落ち着きを保っているが、有馬は焦慮に駆られている。

敵はサウス・ダコタ級戦艦――世界最強の火力を持つ強大な艦だ。

その威力は、この直前、「伊勢」を叩きのめしたことで証明されている。

帝国海軍では、長門型に次ぐ性能を持つ戦艦が、僅か三回の斉射で葬り去られたのだ。

命中弾を得るまでに手間取れば、次は「赤城」や「長門」がやられる。

(当たれ、当たれ、当たれ)

その念を、有馬はたった今放った四発の四〇センチ砲弾に送り続けた。

願い空しく、第一射は空振りに終わる。

「赤城」は間を置かず、各砲塔の二番砲で第二射を放つが、これも命中しない。

第三射、第四射と砲撃を繰り返すが、命中弾はない。砲撃四回、合計一六発の四〇センチ砲弾が海中に消えた。

その間に「日向」は追加の命中弾を得、敵二番艦の火災を拡大させている。

「砲術、『日向』に負けるな!」

有馬が永橋に督励の言葉を送ったとき、「赤城」の後方から炸裂音が届いた。

「後部見張り、『日向』の状況報せ!」

有馬は、後部指揮所に命じた。

たった今の炸裂音から、「日向」が被弾したと悟ったのだ。

報告は後部見張員ではなく、通信室から上げられた。

「『日向』より入電。『我、艦尾ニ被弾。操舵不能。各艦ハ我ヲ省ミズ敵ヲ撃滅サレタシ』」

「了解した」

　とのみ、有馬は答えた。

「日向」の状況は気になるが、今は砲戦に集中すべきときだ。

　数秒後、通信室が新たな報告を上げた。

「観測機より受信。『敵艦隊、取舵。針路二二五度』」

「艦長より砲術。敵は回頭中だ！」

　有馬は、永橋に早口で情報を伝えた。

　回頭中の艦は速力が大幅に低下し、命中弾を得やすくなる。「赤城」にとっては、敵撃滅の好機だ。

　若干の間を置いて、「赤城」の主砲が第五射を放ち、咆哮が夜気を震わせた。

「ぼやぼやできんぞ」

　有馬は呟いた。

「日向」が操舵不能になった今、敵二番艦の砲門は「赤城」に向けられる可能性が高い。

　しかも敵は、同航戦へと移行している。前部と後部、合計一二門の主砲が「赤城」に向けられることになる。

「赤城」は、決戦距離から放たれた四〇センチ砲弾に耐えられるだけの防御力を持つが、サウス・ダコタ級の主砲は、砲弾の初速が大きい五〇口径砲だ。

　直撃すれば、艦中央部の主要防御区画だろうと、主砲の正面防楯だろうと貫通される。

　その前に、敵二番艦を仕留めなければならない。

　ほどなく、弾着の時が訪れた。

　闇の向こうで、敵二番艦の火災炎が揺らめく様がはっきり認められた。

「砲術より艦長、命中しました。斉射に移行します！」

　永橋が、歓喜の声で報告した。冷静沈着な砲術長だが、このときは感情を露わにしていた。

「『伊勢』と『日向』の仇だ。存分にやれ！」

　有馬は、けしかけるように命じた。

数秒後、左舷側に向けて巨大な火焰がほとばしり、これまでに倍する砲声が轟いた。発射の反動を受け止めた艦体が、僅かに右舷側へと傾いだ。

「赤城」は四月二五日のサイパン沖海戦で主砲塔一基を失い、四〇センチ主砲の数は、長門型と同じ八門に減っている。

それでも、斉射に伴う砲声は、艦橋に落雷したかと思わされるほど強烈であり、衝撃は全身を何かに叩き付けられるかのようだった。

敵二番艦の火災炎が、弾着時の水柱に遮られ、束の間見えなくなった。

再び敵二番艦が姿を現したとき、火災炎はこれまでにも増して大きくなり、敵艦の姿を赤々と海面に浮かび上がらせていた。

その火災炎が大きく揺らいだ。

発砲に伴う爆風が、炎を煽ったのだ。

敵二番艦も「赤城」に向け、砲撃を開始したのだ。


このとき合衆国戦艦「モンタナ」は、艦上の三箇所で火災を起こしている。

後部指揮所、一五・二センチ単装砲、艦尾甲板だ。

被害は上部構造物に留まっており、主砲弾火薬庫や機関部といった重要部位には及んでいない。

艦尾への命中弾は、甲板を破壊し、旗竿を吹き飛ばしたが、推進軸や舵機室は健在だ。

だが、後部指揮所とその周辺で発生した火災炎は、敵に対して、格好の射撃目標となっている。

ダメージ・コントロール・チームが消火に当たっているものの、鎮火には至っていなかった。

炎を背負ったような姿になりながらも、「モンタナ」は敵二番艦に向け、斉射を放った。

雷鳴のような咆哮と共に、右舷側に向けて火焰がほとばしる。

発射の反動を受けた艦体が左舷側に仰け反り、次いで右舷側に揺り戻される。

砲声の大きさに変化はない。

サウス・ダコタ級戦艦が誇る四基の五〇口径四〇センチ三連装砲塔は、今なお全てが健在なのだ。

「モンタナ」の射弾と入れ違いに、敵二番艦の斉射弾が飛来する。

弾着の瞬間、白い海水の柱が艦の左右両舷付近にそそり立ち、艦橋の後ろから炸裂音が届く。

爆圧は「モンタナ」の艦底部を突き上げ、直撃弾の衝撃は、艦橋にまで伝わって来る。

「戦果はどうだ？」

トーマス・オルドリッジ「モンタナ」艦長は、被害状況報告よりも先に戦果報告を求めた。

「全弾遠。砲撃を続行します」

ヘンリー・ジャクソン砲術長が答えたとき、艦の後部からけたたましい破壊音と、鈍い衝撃が伝わった。何か巨大なものが、倒壊したようだった。

「被害状況報せ！」

オルドリッジは、ダメージ・コントロール・チームのチーフを務めるミッキー・ウェイン少佐に命じた。

報告はウェインではなく、ジャクソンから届けられた。

「砲術より艦長。第三、第四砲塔使用不能。後檣（こうしょう）が倒壊したようです！」

「何だと⁉」

オルドリッジは驚愕（きょうがく）の叫びを上げた。

先に伝わった衝撃の原因が、これではっきりした。

おそらく、先の敵弾は後檣の根元に命中し、合衆国戦艦の特徴である籠マストを付け根から倒壊させたのだ。

「モンタナ」の主砲は、四〇センチ砲弾の直撃に耐えられるだけの防御装甲を持つが、巨大なビルにも等しい籠マストに真上から直撃されたのでは、ひとたまりもない。

第三、第四砲塔は、砲員もろとも叩き潰されたであろう。

「第三、第四砲塔は弾火薬庫に注水。第一、第二砲塔で砲撃続行！」

オルドリッジは、断固たる口調で命じた。

「モンタナ」の火力は半減したが、前部二基の主砲塔は健在だ。一発でも当たれば、敵戦艦に甚大な被害を与えられる。

主砲塔の一基や二基を失ったところで、世界最強のサウス・ダコタ級戦艦が敗れる道理がない。

オルドリッジの意志が乗り移ったかのように、「モンタナ」の第一、第二砲塔が撃つ。

六門の砲口から火炎がほとばしり、砲声が艦橋を包み、発射の反動を受けた艦体が震える。

前部の主砲のみを発射したためか、艦首が僅かに左へと振られたような気がした。

入れ替わるようにして、敵二番艦の射弾が唸りを上げて飛来した。

艦橋の後方から二度、敵弾炸裂の衝撃が伝わり、爆圧が艦を上下に揺さぶった。

基準排水量四万三二〇〇トンの巨艦を、海神が持ち上げようとしているように感じられた。

オルドリッジは敵二番艦を見つめたが、火災炎らしきものは認められない。

「モンタナ」の斉射は、またも無駄弾に終わったのだ。

被害状況報告が届くより早く、「モンタナ」は前部の主砲塔のみで第三斉射を放った。

発射の反動に加えて、きしみ音が聞こえたような気がした。

三五・六センチ砲弾と四〇センチ砲弾を繰り返し撃ち込まれ、痛めつけられている艦体が、苦痛に喘いでいるようだった。

「神よ、本艦に御加護を。どうか逆転の機会を」

胸の前で十字を切り、オルドリッジは呟いた。

自分たち「モンタナ」のクルーは、フィリピンでの屈辱を晴らすためにここにいる。返り討ちに遭い、二度までも屈辱を味わうことには耐えられない。

何よりも、合衆国が誇るサウス・ダコタ級戦艦が一方的に打ちのめされるなど、あってはならない。

この砲撃にはサウス・ダコタ級の、いや合衆国海軍の名誉が懸かっているのだ。

祈りを込めて、オルドリッジは弾着を待った。

敵二番艦の艦上に、発砲のそれとは明らかに異なる閃光が走った。

赤い光が、敵の艦影をおぼろげに浮かび上がらせた。

「一発命中。三発遠、二発近！」

「オーケイ、撃ち続けろ！」

ジャクソン砲術長からの報告を受け、オルドリッジが意気込んで命じたとき、敵弾の飛翔音が轟いた。

敵二番艦は、被弾の前に三度目の斉射を放っていたのだ。

「モンタナ」が第四斉射を放つよりも早く、敵弾はなだれ落ちるような勢いで落下した。

みたび、艦を多数の水柱が囲み、直撃弾の衝撃と至近弾の爆圧が上下から艦を襲った。

「モンタナ」の艦体は激しく震え、金属的な大音響を発した。度重なる打撃に艦が堪えかね、苦悶の声を上げているようだった。

「第三、第四砲塔、及び倒壊した後檣に被弾！」

このときになって、ウェイン少佐から被害状況報告が届けられた。

「了解。消火急げ」

とのみ、オルドリッジは命じた。

第三、第四砲塔は、既に後檣の倒壊によって使用不能になっている。弾火薬庫に注水したため、誘爆の心配もない。

敵は、屑鉄置き場を砲撃したようなものだ。

「モンタナ」は第四斉射を放った。

健在な二基の主砲塔から火焔がほとばしり、重量一トンの巨弾六発を叩き出した。

数秒後、敵二番艦の艦上にも発射炎が閃いた。先の命中弾は、致命傷にはならなかったようだ。

「イセ・タイプよりは粘るな」

先に撃沈した敵戦艦の型名を、オルドリッジは口にした。

それも時間の問題だ、ジャップ——と、敵に呼びかけた。

「モンタナ」の射弾が着弾し、敵二番艦の艦上に新たな閃光が走る。

「一発命中。二発遠、三発近」

ジャクソンの報告が届いた直後、敵弾の飛翔音が「モンタナ」に迫った。

弾着の瞬間、「モンタナ」は異様な衝撃に見舞われた。

艦橋の真下からくぐもったような炸裂音が届き、艦全体が激しく震えた。

（やられた……！）

「モンタナ」は重大な損害を受けたと、オルドリッジは直感した。

衝撃や炸裂音から推測して、敵弾は艦内の奥深くに突入し、そこで炸裂したのだ。

「艦長、推進軸二基が停止。速力、低下します！」

航海長フレッド・パーキンス中佐が血相を変えて報告し、次いで機関長オーソン・マクドネル中佐が報告を上げた。

「一、二番主機室損傷。敵弾は煙路から突入した模様」

オルドリッジは、思わず呻いた。

敵弾は、どうやら煙突に飛び込んだようだ。

煙路をぶち抜き、主機室に突入して、そこで炸裂したのだろう。

サウス・ダコタ級戦艦の主機はターボ・エレクトリック四基。うち二基を失ったのでは、出力は半減する。速力は、一〇ノットを出せればいいところか。

この状況下で、「モンタナ」はなお新たな斉射を放った。第一、第二砲塔の砲口に火焔がほとばしり、六発の巨弾が放たれた。

入れ替わりに、敵二番艦の射弾が轟音を上げて飛来した。

敵弾の大半は艦の前方に落下したが、一発が前部を直撃した。

第二砲塔の後部に閃光が走り、衝撃が艦橋にまで伝わった。火焰が躍り、無数の破片が飛び散った。

衝撃が収まったとき、第二砲塔は後ろ半分をごっそりと削り取られ、黒煙を激しく噴出させていた。

砲塔内部の様子は不明だが、第二砲塔が使用不能になったことだけははっきりしている。「モンタナ」は、更に一基の主砲塔を失ったのだ。

「砲術より艦長。第一砲塔、旋回不能。電路を切断された模様！」

ジャクソンが、新たな悲報を届けた。

オルドリッジは、思わずよろめいた。

被害を受けたのは、第二砲塔だけではなかった。第一砲塔も、第二砲塔の巻き添えを食うような形で旋回不能となったのだ。

サウス・ダコタ級戦艦は、全長二〇八・五メートルと比較的短めの艦体に、長砲身の四〇センチ三連装砲塔四基を装備したため、主砲塔の間隔が短い。一基が被害を受けたとき、隣接する主砲塔に被害が及びやすいのだ。

ここに来て、その弱点が出たのかもしれない。

止め(とど)の一撃が来るか、と思ったが、新たな敵弾の飛来はなかった。

ジャクソンより、新たな状況報告が届いた。

「砲術より艦長。敵二番艦の周囲に水柱確認。『ノース・カロライナ』が、射撃目標を変更した模様です」

「赤城」は苦境に陥っていた。

敵二番艦の射弾二発が直撃したものの、四基の四〇センチ連装砲塔にも、射撃指揮所にも異常はない。

敵弾は運良く急所を外れ、一二・七センチ連装高角砲数基と射出機を破壊されただけに留まったのだ。

だが、被弾箇所で発生した火災が、敵一番艦の砲撃を呼び込む形になった。

戦闘開始以来、敵一番艦は「長門」と砲火を交えていたが、「赤城」の被弾と火災発生を見て、射撃目標を変更したのだ。

敵弾は、すぐには命中しない。

「赤城」の左舷側海面、あるいは右舷側海面に落下し、水柱を噴き上げるだけだ。

それでも、一度ならず至近距離に敵弾が落下し、爆圧が艦底部を突き上げた。

「赤城」は、敵二番艦が沈黙した時点で、敵一番艦に目標を切り替えている。

各砲塔の一番砲と二番砲が交互に火を噴き、四発ずつの四〇センチ砲弾を放っている。

砲撃を四回まで繰り返し、合計一六発の四〇センチ砲弾を叩き込んだが、直撃弾の炎はない。敵一番艦は無傷のまま、繰り返し発射炎を閃かせている。

「赤城」が通算五回目の射弾を放った直後、思いがけないことが起きた。

「長門」の艦上から、探照灯の光芒が伸びたのだ。光の先端は、はっきり敵一番艦を捉えている。

「囮になるつもりか！」

有馬は叫び声を上げた。

「赤城」は、火災炎という射撃目標を背負っており、被弾するのも時間の問題だ。

そこで「長門」が探照灯を点灯し、敵の注意を引きつけようと試みたのだろう。

敵一番艦が、しばし沈黙した。

目標を変更すべきかどうか、迷っているように見えた。

その間に、「長門」の艦上に発射炎が閃き、砲声が「赤城」の艦橋にも伝わった。

「おい、どうした。お前の相手は本艦だ」

敵に向かって、そんな挑発をしているようにも感じられた。

「長門」に続けて、「赤城」が射弾を放つ。敵一番艦に対する、通算六度目の砲撃だ。

　ほとんど同時に、敵一番艦の艦上に発射炎が閃いた。

「標的はどっちだ？」

　有馬は、敵に問いかけた。

「赤城」を狙うのか。それとも、探照灯を点灯した「長門」か。

　敵弾の飛翔音が拡大したが、これまでとは異なることに有馬は気づいた。

　標的は「長門」だ。

　敵の指揮官は、自艦を照射している「長門」の方が、より脅威が大きいと判断したのだ。

　敵弾の飛翔音が、更に拡大した。

　有馬が両目を大きく見開いたとき、探照灯の光の中に、複数の水柱が突き上がった。

「『長門』無事です。被弾はありません！」

　艦橋見張員の報告を受け、有馬は額の汗を拭った。

　敵弾は、「長門」の手前に落下したのだ。

「長門」は依然照射を続けており、探照灯の光が敵艦をはっきりと浮かび上がらせている。

「艦長より砲術。第六射どうか？」

「命中、確認できません！」

　有馬の問いに、永橋が怒っているような声で返答した。

「長門」が照射によって支援してくれたにも関わらず、命中弾を得られない自分たちの不甲斐なさに憤っているようだった。

「第七射に期待する」

　有馬がそう伝えたとき、「長門」が新たな射弾を放った。

　発射の反動に艦体が揺れたためだろう、探照灯の光が僅かに揺らいだ。

「赤城」も第七射を放つ。

　探照灯の光が浮かび上がらせている目標目がけ、四発の四〇センチ砲弾が飛翔する。

　敵一番艦の姿を水柱が隠した。

水柱の数は、五本以上を数える。

「長門」は弾着修正用の交互撃ち方から斉射に切り替えたのだ。

水柱が崩れると同時に、「赤城」の射弾が落下した。

染料によって赤く着色された水柱が、探照灯の光芒の中に奔騰する様が見えた。

「観測機より受信。『敵一番艦ニ命中弾。〈長門〉ノ砲撃ト認ム』」

中野政知通信長が報告を上げたとき、探照灯の光が消えた。「長門」が、照射を中止したのだ。

敵一番艦の艦上に赤い光が躍っている。

敵艦は自ら発する光によって、その姿をぼんやりと浮かび上がらせている。

「艦長より砲術。一斉撃ち方！」

有馬は、即座に下令した。

「赤城」の第七射はまたも命中弾なしに終わったようだが、敵は火災を起こしている。

敵一番艦を仕留める好機だ。

「一斉撃ち方。宜候！」

永橋は、決然とした声で復唱を返した。

今度は外しません。絶対に当てて見せます、と言いたげだった。

敵一番艦の艦上に発射炎が閃き、艦影が瞬間的にくっきりと浮かび上がった。

僅かに遅れて、「長門」の艦上にも第二斉射の発射炎が閃き、「赤城」も敵一番艦に対する第一斉射を放った。

「赤城」は、既に損傷している。

敵二番艦の砲撃によって、第三砲塔跡に設置した高角砲を一掃され、飛行甲板にも被害を受けている。

だが、四基の四〇センチ連装砲塔は健在だ。

巨大な砲声は衰えを見せず、発射の反動を受け止めた艦体が右舷側に傾く。

敵一番艦の射弾が「長門」に向かって飛び、「長門」と「赤城」の四〇センチ砲弾一六発が時間差を置いて飛翔する。

敵艦の射弾が先に落下し、「長門」の巨体を水柱が包む。

「長門」「赤城」の射弾も、前後して敵艦の周囲に落下する。

「長門」の周囲に噴き上がった水柱が崩れたとき、艦の後部から黒煙が噴出している様が見えた。

「いかん、やられた！」

有馬は、自身の艦が被弾したような衝撃を覚えた。

「観測機より受信。『敵一番艦ニ命中弾三。二発ハ〈長門〉、一発ハ〈赤城〉ト認ム』」

「砲術、よくやった。その調子だ！」

中野の報告を受け、有馬は永橋を激励した。

敵一番艦の火災は拡大しているようだ。後方に、大量の黒煙がなびいている。

「長門」と「赤城」の射弾は、相当な被害を与えたと思われた。

手負いとなっているにも関わらず、敵一番艦が新たな発射炎を閃かせた。

閃光の中に浮かび上がった艦影は、これまでと変わらないように見える。

「長門」と「赤城」、帝国海軍最強の火力を持つ戦艦二隻がかりの砲撃も、ほとんど効果を上げていないかのようだ。

「サウス・ダコタ級は不沈なり」

そう宣言する声が聞こえたような気がした。

（空耳だ）

有馬は、大きくかぶりを振った。

不沈の軍艦などあり得ぬ。現に「赤城」は、この直前、一番艦と同じサウス・ダコタ級戦艦を戦闘・航行不能に追い込んだのだ。

砲撃を浴びせ続ければ、必ず勝てるはずだ。

「長門」の発射炎が閃き、爆風が火災煙を吹き飛ばす。主砲塔は今のところ、四基全てが健在だ。

「赤城」も、負けじとばかりに撃つ。

四基八門の四〇センチ主砲が轟然と咆哮し、「長門」よりやや遅れて八発の巨弾を叩き出す。

敵一番艦の射弾が「長門」を包むように落下し、巨大な海水の柱がその姿を隠す。

僅かに遅れて、「長門」「赤城」の射弾が落下し、敵一番艦の周囲に、青と赤の水柱を噴き上げる。

水柱が崩れ、「長門」と敵一番艦が姿を現す。

「長門」は新たな直撃弾を受けたらしく、火災煙の量が増えている。艦の後ろ半分は黒煙に包まれ、ほとんど見えないほどだ。

敵一番艦の火災も拡大している。

赤々と燃えさかる炎が、サウス・ダコタ級戦艦の姿を浮かび上がらせている。

激しい火災を起こしながらも屈しない姿は、炎を背にした不動明王さながらだ。

「観測機より受信。『敵艦、取舵』！」

通信室を通じて報告が届いたとき、「赤城」の主砲八門が火を噴いた。

砲声は、これまでになく高らかに轟いたような気がした。

「赤城」より数秒遅れて、「長門」の主砲が火を噴く。

これまでは「長門」「赤城」の順で砲撃していたが、順番が逆になっている。

「長門」は被弾・損傷に伴い、砲撃に支障を来しているのかもしれない。

敵一番艦はしばし沈黙したまま、艦首を大きく左に振っている。

真っ赤な火災炎が夜の海上を動き、黒煙が大きく弧を描く。

その頭上から、一六発の四〇センチ砲弾が殺到する。

「赤城」の射弾が先に落下し、「長門」の射弾が続いた。

赤と青の水柱が続けざまに奔騰し、しばし敵艦の姿を隠した。

「敵艦、速力大幅に低下！」

水柱が崩れ、敵艦が再び姿を現したとき、永橋が報告した。

報告された通り、敵一番艦はのろのろと動いている。有馬の目には、今にも停止しそうに見える。

機関部に、重大な損傷を受けたようだ。

先の射弾が缶室や機械室に命中したのか、あるいは激しい火災が機関部にまで及んだのか。

「艦長より砲術――」

有馬が永橋に呼びかけたとき、敵一番艦の艦上に新たな発射炎が閃いた。

敵艦は速力を大幅に低下させながらも、新たな斉射を放ったのだ。

「本艦は、最後まで諦めない。一門でも砲が残っている限り、戦い続ける」

たった今の斉射は、その宣言のように感じられた。

「赤城」は、通算四度目の斉射を放った。

八門の主砲が新たな咆哮を上げ、八発の巨弾を叩き出した。

「長門」も、「赤城」より一〇秒ほど遅れて撃つ。

しばし艦上が露わになり、砲声が「赤城」の艦橋に届く。

敵一番艦の射弾は、「赤城」と「長門」の間に落下した。

弾着の水柱が「長門」の姿を隠したが、直撃弾の閃光はない。

敵艦が力尽きたことを物語っているように感じられた。

「赤城」の斉射弾が落下したとき、敵一番艦はまだ動いていた。

艦首から艦尾まで、炎と黒煙に覆われながらも、ゆっくりと航進していた。

戦場からの離脱を図っているようにも、なお戦い続けようとしているようにも見えた。

その頭上から八発の四〇センチ砲弾が落下し、赤く着色された水柱が周囲に突き上がった。

赤い水柱が崩れるや、「長門」の射弾が落下し、青い水柱を噴き上げる。

激しく奔騰する海水の向こう側で、どのような地獄が展開されているのか、知る術はない。

（一歩間違えれば、本艦や『長門』が同じ運命を辿っていた）

沸き返る海面を見つめながら、有馬は胸の内で呟いていた。

水柱は間もなく崩れ、海面にわだかまる黒煙が見え始めた。

敵一番艦の姿は、全く認められない。全てが火災煙の下に隠れている。

新たな発砲の閃きもない。

敵艦が戦闘・航行不能になったのは、もはや明らかだった。

「観測機より受信。『敵艦隊、針路一八〇度』」

中野が、新たな情報を伝えた。

有馬は、左舷側に双眼鏡を向けた。
四、五戦隊と二水戦の巡洋艦、駆逐艦は、なおも敵艦隊と撃ち合っているが、砲声は間遠（まどお）になりつつある。
敵の残存艦は、戦場から避退しつつあるのだ。

主力のサウス・ダコタ級戦艦二隻が戦闘・航行不能になった以上、勝算はなくなったと見て、遁走に移ったのだろう。

「一戦隊司令部より入電。『砲撃止メ』」

「艦長より砲術、砲撃止め」

中野の報告を受け、有馬は永橋に命じた。

「砲撃止め。宜候」

復唱する永橋の声からは、疲労が感じられた。

この直前まで、戦闘に集中していたであろうが、戦闘が終わった途端（とたん）、疲労が押し寄せて来たのかもしれない。

有馬も疲労を感じている。

他艦との協同作戦とはいえ、米海軍最強のサウス・ダコタ級戦艦を二隻も相手取ったのだ。

最初から最後まで、綱渡り（つなわた）のような際（きわ）どい戦いだったと言える。

許されるものなら、この場にへたり込みたいほどだった。

　だが、今回の作戦における「赤城」の役割はまだ残っていた。

　有馬は永橋を呼び出し、命じた。

「砲術長、主砲の残弾数を確認してくれ。敵飛行場への砲撃が可能かどうかを知りたい」


　このとき合衆国戦艦「モンタナ」は、一〇ノットの速力でグアム島を目指していた。

（この艦は、もはや救えぬ）

　トーマス・オルドリッジ艦長は、そのように見通している。

　主砲塔は全て使用不能となり、機関出力も半減した。

　敵艦隊が追撃して来るか、あるいは夜明け後に空母の艦上機が襲って来るか。

　いずれにしても、逃れることは極めて困難だ。

　せめて、部下は救いたい。

　グアム島西岸のアプラ港に入港するか、浅瀬に艦を座礁させれば、乗員をグアムに上陸させることは可能なはずだ。

　グアムに上陸しても、彼らを待つのは、日本軍の上陸部隊と戦って戦死するか、捕虜となる運命かもしれない。

　それでも、艦と運命を共にするよりはましだ。

　一縷の望みをかけ、オルドリッジは「モンタナ」をグアムに向かわせたが——。

「左後方より接近する艦影あり！」

　上甲板の見張員から、報告が上げられた。

「モンタナ」は先の砲戦で後檣を失い、対水上レーダーも破壊されたため、手空きの乗員が上甲板で見張りを務めているのだ。

「見張り、艦型は分かるか？」

「型名は分かりませんが、巡洋艦のようです」

「巡洋艦か……！」

オルドリッジは天を仰いだ。

日本軍の巡洋艦は最高三〇ノット以上の速度性能と、強力な雷装を併せ持っている。

主砲塔が一基でも健在なら寄せ付けるものではないが、今の「モンタナ」にとっては、死神に等しい相手だ。

「どうします、艦長?」

「針路、速度共このまま。雷撃を受ける前に、グアムに逃げ込める可能性に賭ける」

フレッド・パーキンス航海長の問いに、オルドリッジは即答した。

——だが数分後、グアム島を目前にしたところで、日本軍の重巡二隻は、三〇ノット以上の速力で「モンタナ」に追いすがり、追い抜いた。

敵重巡の二番艦が、「モンタナ」の左前方に占位した、と見えた直後、二隻の重巡は左に転舵した。

「取舵一杯、針路三〇度!」

オルドリッジは、大音声で下令した。

敵重巡二隻の動きは、明らかに雷撃のそれだ。

魚雷に艦首を正対させ、回避に成功すれば、グアムに逃げ込める可能性がある。

「アイアイサー。取舵一杯、針路三〇度!」

パーキンスが命令を復唱し、操舵室に伝えた。

「モンタナ」は、すぐには艦首を振らない。

艦は、一〇ノットの速力で直進を続けている。

元々舵の利きが悪い艦だが、推進軸四基のうち二基が使用不能となっているため、回頭が始まるまでに、通常の倍以上の時間がかかっている。

「左六〇度より魚雷航走音!」

水測室からの報告を受けたとき、オルドリッジは「モンタナ」の命運が尽きたことを悟った。

「総員、衝撃に備えろ!」

全クルーに命じたとき、左舷艦底部から強烈な衝撃が続けざまに襲い、「モンタナ」の巨体を揺るがした。

7

九月五日の夜明け直後、空襲警報がグアム島西岸のオロテ飛行場に流れた。

オロテ半島の西端にあるオロテ岬の監視所に詰めていた第一海兵師団のマーク・グレアム軍曹は、洋上から接近して来る爆音に気づいた。

機数は、さほど多くない。せいぜい五、六機といったあたりだ。

海面はまだ薄暗いが、双眼鏡を向けると、しらみ始めた空に複数の機影が認められた。

「零式水偵（ジェイク）か！」

グレアムは、頭の中にある日本機の識別リストと出現した機影を照合して、機種を見抜いた。

日本海軍の戦艦や重巡洋艦が搭載している水上機が、グアム島の西岸に近づいている。

まっすぐ、オロテ飛行場を目指しているようだ。

「飛行場に緊急連絡！『ジェイク接近。艦砲射撃の可能性大』！」

グレアムは、共に見張りに当たっていたジャック・ローマン一等兵に命じた。

警報（アラーム）がなおも鳴り響く中、ジェイクが監視所の上空を通過する。

爆音が西から東へと通過し、遠くなってゆく。

「ＴＦ19はどうなってるんだ！」

グレアムは、周囲の海面を見渡した。

昨日、オロテ半島の沖には、太平洋艦隊の主力艦が展開していた。

六隻の戦艦が威風堂々とした姿を見せ、その周囲を、見るからに精悍な巡洋艦、駆逐艦が守っていた。

日本軍の空襲で、戦艦四隻が被害を受けたものの、ＴＦ19はなお健在であり、グアム死守の構えを見せていた。

そのＴＦ19が、今は一隻もいない。

昨夜、オロテ岬の沖で艦隊戦があったことは分かっているが、戦闘の帰趨は、末端の下士官、兵にまでは知らされていないのだ。

(まさか……TF19が負けた?)

不吉な想像が浮かぶが、グレアムはすぐに打ち消す。

TF19は、世界最強のサウス・ダコタ級戦艦二隻を擁しているのだ。

あの二隻が負けるなどあり得ない。

そう信じたかったが——。

「右三〇度に砲煙!」

監視兵の一人が、不意に叫んだ。

十数秒後、異様な唸りが聞こえ始めた。轟音が監視所の真上を、西から東に向けて通過した。

内陸から、炸裂音が伝わって来る。

オロテ飛行場があるあたりだ。

グレアムは、現実をはっきり悟った。

グアムを守っていた太平洋艦隊の主力部隊は、日本艦隊に敗北したのだ。

「司令部より退避命令です!」

通信兵を務めるゴードン・ヴィンジ上等兵が報告した。

「総員退避!」

グレアムは右手を大きく振り、監視所の全員に命じた。

沖合ではなおも砲煙が湧き出し、巨弾は海兵隊員の頭上を飛び越えて、飛行場に殺到する。

弾着の度、炸裂音が伝わって来る。

グレアムらは気づかなかったが、砲撃を受けているのはオロテ飛行場だけではなかった。

より北に位置するイパオ海岸の沖でも、日本軍の戦艦が発射炎を閃かせ、巨弾をアガニア飛行場に繰り返し叩き込んでいた。

第六章　覇王生誕

1

「手荒くやられたものだな」

山本五十六連合艦隊司令長官は、唸り声を発した。

旗艦「香椎」の長官公室からは、柱島泊地に入泊した戦艦「赤城」と「長門」の姿が見える。

大本営が「グアム沖海戦」の公称を定めた、九月四日から五日にかけての夜戦から、帰還したばかりだ。

「赤城」は、旧第三砲塔の跡に装備した一二・七センチ高角砲を全て粉砕された上、射出機や艦尾の旗竿を失っている。

飛行甲板にも大穴を穿たれ、内部が見えている状態だ。

敵弾が艦底部に達し、推進軸をへし折られなかったことが奇跡に思える。

「長門」は後部指揮所が全壊した他、「赤城」同様、飛行甲板を損傷している。

戦艦の被害は、「赤城」と「長門」だけではない。「伊勢」「日向」はグアム沖で沈んだ旨が、既に報告されている。

サウス・ダコタ級戦艦は、やはり恐るべき強敵だった。

「赤城」「長門」の有様を見た連合艦隊の首脳部は、そのことを改めて認識したのだ。

グアム沖海戦では、他に軽巡「神通」、駆逐艦「萩風」「舞風」「早潮」が沈没し、重巡「愛宕」「鳥海」、駆逐艦「野分」「黒潮」が損傷している。

戦果は戦艦二隻、巡洋艦二隻、駆逐艦四隻の撃沈、巡洋艦一隻、駆逐艦三隻の撃破であるから、彼我の損失だけを見れば引き分けと言っていい。

米艦隊を撤退に追い込み、グアム周辺の制海権を確保し、艦砲射撃による敵飛行場の壊滅という作戦目的を達成した以上、戦略的には日本軍の勝利と言えるが――。

「被弾箇所は、幸い急所を外れております。缶室、機械室、主砲塔、弾火薬庫に損害はありません」

「『赤城』も『長門』も、運が良かったということか」

戦務参謀渡辺安次中佐の言葉を受け、山本はぼそりと言った。

「伊勢」と「日向」だけではなく、「赤城」と「長門」を失ってもおかしくなかった、と言いたげだった。

「九月四日の昼間における航空攻撃の結果が、第二艦隊の損害に繋がっていると考えます」

三和義勇作戦参謀が言った。

グアム攻略作戦に参加した第三、第四両艦隊は九月四日、二回ずつ攻撃隊を繰り出した。

当初の作戦計画では、第三艦隊が敵艦隊を、第四艦隊がグアムの敵飛行場をそれぞれ叩くことになっていたが、グアムにおける敵の守りが予想外に頑強だったため、第四艦隊だけでは飛行場を制圧できなかった。

このため第三艦隊が、第一次攻撃隊を敵飛行場攻撃に回して、ようやく制空権の確保に成功したが、敵艦隊に対する航空攻撃は一度だけとなったのだ。

攻撃隊は敵戦艦六隻のうち、四隻に魚雷と爆弾を命中させ、撤退に追い込んだが、二隻は無傷で残った。

その二隻が、米軍最強のサウス・ダコタ級だったため、第二艦隊は苦戦を強いられたのだ。

「第三艦隊が、攻撃隊全機を敵艦隊に向けるか、同艦隊の第二次攻撃隊がサウス・ダコタ級を攻撃していれば、夜戦における損害はもう少し低減できたはずです」

「現実問題として、それは困難だったと考えます」

榊久平航空参謀が三和に反論した。

「作戦目的がグアムの制空権、制海権奪取であったことを考えれば、第三艦隊が敵飛行場攻撃に協力したのは、妥当な判断でした。仮に第三艦隊が当初の予定通り、全攻撃隊を敵艦隊に向けた場合、三艦隊の攻撃隊は残存する敵戦闘機の迎撃を受け、多数の未帰還機を出していたと考えられます。そうなれば、第二艦隊に対する攻撃が中途半端なものに終わり、第二艦隊が敗北していた可能性も危惧されます」

「たら、ればの話をしても意味があるまい。我々がやらねばならないのは、これほどの被害が生じた理由を明確にし、今後に繋げることだ」

大西滝治郎参謀長が、たしなめるように言った。

「被害が生じた最大の原因は、グアムの敵飛行場に多数の戦闘機が配備されていたことです」

榊は、断定口調で言った。

九月四日のグアム攻撃に際しては、「香椎」の通信室が、攻撃隊指揮官の報告電や第三、第四艦隊司令部の命令電を直接受信している。

それらを調べたところ、第四艦隊の攻撃隊は、第一次、第二次とも、一〇〇機以上と推定されるF4Fの迎撃を受けたことが判明したのだ。

このため、艦爆、艦攻の多くが投弾前に撃墜され、飛行場を壊滅させるに至らなかったという。

興味深いのは、日本艦隊は米側から一切の航空攻撃を受けていないという事実だ。

グアムの米軍は、戦闘機によってひたすら飛行場を守るだけであり、三、四艦隊への反撃はなかった。

米軍は、グアムには戦闘機を最優先で送り込んでおり、爆撃機、雷撃機等の配備は後回しにしていたと考えられます——と、榊は推測を述べた。

「戦闘の経過だけを見ますと、航空参謀の推測通りと考えられますな」

黒島亀人首席参謀が言い、大西が榊に質問した。

「米軍が、そのような態勢を取った理由をどのように考える?」

「戦艦の威力を信じていた——いや、今なお信じているから、ではないでしょうか? 一連の戦いで、我が軍は航空攻撃が戦艦を無力化し得ることを実証して来ました。米軍はその戦訓に基づき、グアムの飛行場と戦艦部隊の両方を、多数の戦闘機によって守ろうとしたのではないか、と」

「零戦の護衛があっても、Ｆ４Ｆの数が多ければ、艦爆、艦攻を守りきれない、か」

「参謀長のおっしゃる通りです。事実、第四艦隊は艦爆、艦攻の未帰還機が特に多いようですから」

「米軍は、戦闘機と戦艦で役割分担をしたのだろうな。空の守りを戦闘機で、海の守りを戦艦で、ということか」

黙って聞いていた山本が言った。

「戦闘機に楯、戦艦に鉾の役割を与えたとも考えられます。グアム沖海戦で第二艦隊が敗北していたら、米軍は戦艦を前面に押し立て、サイパン、テニアンの攻略にかかって来たでしょう」

「最終的には、我が軍が力攻めで押し切ったわけだ」

山本は、どこか浮かない表情を浮かべている。

勝つには勝ったが、素直に勝利を喜べない様子だった。

「どうも、日露戦役の旅順攻略戦を思わせる勝ち方になってしまったな。あの戦いも、最終的には帝国陸軍が勝ち、ロシア軍を降伏、開城させたが、膨大な数の兵士が犠牲になった」

「長官のおっしゃる通りです。艦船の損害もさることながら、第三、第四艦隊は、多数の艦上機と搭乗員を失いました」

大西が言った。

元々、帝国海軍では名うての航空主兵主義者であり、自ら操縦桿を握った経験もある人物だ。それだけに、若い搭乗員を愛する気持ちは強い。

「しくじった、というのが正直な気持ちです。米軍がグアムに戦闘機のみを配備していたのであれば、もう少し作戦を練るべきでした。守りの固い場所を力攻めにしたため、大きな犠牲を出してしまいました」

「事前に判明していたのは、グアムの敵飛行場が機能を回復していること、米軍機が進出していることの二点だけでした。残念ですが、米軍がグアムに送り込んでいた機種までは把握できなかったのです」

榊が頭を下げた。

最前線に戦闘機のみを多数配備し、守りに徹する、というのは、一種の奇策だと榊は考えている。

米軍がそのような策を選ぶことは、誰にも予想し得なかったのだ。

「犠牲は大きかったが、グアム占領の道筋はつけられた」

肝心なことを全員に思い出させるような口調で、山本は言った。

この日――九月八日未明より、飯田祥二郎中将麾下の第一五軍三個師団と第八艦隊隷下の第二連合特別陸戦隊がグアム島の攻略を開始している。

第一五軍は、グアム西岸のタモン湾、アガニア湾から、二連特はオロテ半島の南側にあるアガット湾から、それぞれ上陸し、橋頭堡を築きつつあるとのことだ。

上陸部隊の支援には、第八艦隊の指揮下に入った第二五航空戦隊が当たる。

九月六日、サイパン島のアスリート飛行場がようやく機能を回復したため、硫黄島に待機していた二五航戦がサイパンに進出したのだ。

二五航戦の他にも、第二一航空戦隊がサイパンに移動中であり、明日中には同地に到着する。

第一五軍司令部は、「九月中には作戦完了の見込み」と大本営に報告電を打っていた。

「以前にも言ったが、グアム島を陥落させたら、私は政府に対米交渉を進言するつもりだ。グアム攻略が講和のきっかけになれば、グアム沖海戦における犠牲も報われる。いや、是非講和を実現し、将兵の犠牲と献身に報いなければならぬ」

改まった口調で言った山本に、大西が聞いた。

「米国が講和に応じるでしょうか?」

「我が国が相当な譲歩をしなければならぬだろうが、望みはあると私は考えている」

「対米交渉の前に、国内の強硬派を説得する必要があると考えますが……」

「戦争が長期化すれば、米国の国力が物を言う。その前に戦争を終わらせなければ、我が国は破滅だ。大幅な譲歩を強いられるとしても、亡国よりは遥かに賢明な選択だ」

　大西は、しばし沈黙した。

　ややあって、口を開いた。

「参謀長としましては、長官のお考えに異論はありません。ただ、対米講和が成立するとの保証がない以上、GF主力の戦力回復や次期作戦の準備は進めておきます」

　山本は微笑した。

「言うまでもないことだ」

2

　その巨艦は、フィラデルフィア海軍工廠の艤装桟橋に横付けしていた。

　数日前までは、大勢の作業員が艦内や上甲板、上部構造物の周辺に詰め、各部署の最終点検に当たっていたが、現在は一人も残っていない。

　この二日前、正式に合衆国海軍に引き渡されたのだ。

　檣頭には軍艦旗が、艦尾旗竿には星条旗が、それぞれ誇らしげに掲げられ、この艦が栄光ある合衆国海軍の軍籍を得たことを示していた。

「恐ろしく巨大な艦ですな」

　海軍長官フランク・ノックスと共に視察に訪れた海軍次官ジェームズ・フォレスタルは、感嘆したように言った。

　新たに竣工した艦は、これまでに建造された合衆国海軍のどの軍艦よりも大きい。

　全長は二九六メートル。

　洋上の航空基地として、長大な飛行甲板を必要とする航空母艦でも、これほどの全長を持つ艦はない。

　特筆すべきは、最大幅は三八メートルに達することだ。

合衆国海軍の軍艦は、パナマ運河を通って太平洋と大西洋を行き来することが想定されているため、最大幅は三三メートルに抑えられている。

この艦の全幅は、運河の閘門の幅を完全に超えている。

合衆国海軍は新鋭艦の建造に当たり、パナマ運河の通行を断念したのだ。

主砲塔は四基。前部と後部に二基ずつを、背負い式に配置している。

第二、三四砲塔は、サウス・ダコタ級戦艦やアラバマ級戦艦と同じ、五〇口径四〇センチ三連装砲塔だが、第一、第四砲塔は四連装となっている。

形式の異なる主砲塔の混載は、一九一六年に竣工したネヴァダ級以来だ。

ただし新造艦は、主砲一門当たりの破壊力でも、主砲の装備数でも、ネヴァダ級とは比較にならない。

ニューヨーク軍縮条約明け後、アラバマ級に続いて建造された新鋭戦艦の第二段、オレゴン級戦艦のネームシップ「オレゴン」が、合衆国海軍の新たな戦力となったのだ。

「大きいだけではありません。実力も、世界最強です。合衆国の艦も含め、一対一の勝負で、この艦に勝利し得る戦艦はありません」

ノックスとフォレスタルに付き従っている工廠長のアラン・スタルフィ少将が、胸を反らして言った。

少し考え、「本艦の建造にフィラデルフィア工廠が選ばれたことを、誇りに思っています」と付け加えた。

「一対一の勝負というのは、意味がありませんな。海戦は、ガンマンの決闘ではありません。他艦との連携が重要になります」

フォレスタルの言葉を受け、スタルフィは言った。

「通信設備についても、最高のものを装備しました。他艦や航空機との連携については、全く問題がないと確信しております。航空戦に精通した士官が乗艦すれば、艦上からの空中戦指揮も可能です」

「対空火器の装備数も、合衆国の軍艦中随一です。ケイトであろうと、ヴァルであろうと、寄せ付けるものではありません」

兵装を担当したジム・ラーベル大佐が、スタルフィ同様、自信ありげな口調で言った。

「航空機の脅威にも、充分対処できるな」

ノックスは、満足げに頷いた。

開戦以来、合衆国の戦艦部隊は、日本軍の航空機に度々苦い目に遭わされている。

九月四日のオロテ岬沖海戦（グアム沖海戦の米側公称）でも、日本軍の航空攻撃で戦艦四隻が戦列からの落伍を余儀なくされたのだ。

この「オレゴン」であれば、日本軍の航空機など寄せ付けないはずだ、と言いたげだった。

「この艦があれば、今までの借りを一挙に叩き返せる。グアムを取り戻すだけではない。トーキョーに乗り込んで、ヒロヒトに城下の盟をさせることも夢ではない」

幾度も頷きながら、ノックスは言った。

この五日前――一一月九日、統合参謀本部を通じて、海軍省に悲報が届けられた。

グアム島の第一海兵師団が、日本軍に降伏したとの報せだ。

三個師団と推定される日本陸軍部隊がグアムに上陸した後、トラックの太平洋艦隊は何度かグアムに補給物資を届けようと試みたが、思うに任せず、第一海兵師団は島の南部へと圧迫されていった。

海兵隊は死に物狂いで戦い、多くの日本兵を殺傷したものの、島周辺の制空権、制海権を敵に握られ、補給物資も届かない状況下では如何ともし難く、二ヶ月に亘る抗戦の末に降伏したのだ。

合衆国は、開戦前からの領土であると共に、マリアナ諸島における唯一の橋頭堡を失ったことになる。

だが「オレゴン」の竣工は、グアム陥落の悲報を補って余りある朗報だ。

合衆国海軍は、最強の切り札を手にしたのだ――

と、ノックスは信じている様子だった。

「確かに強力な艦ですが、戦いは戦艦一隻だけで行うものではありません。戦艦は、あくまで艦隊の一要素に過ぎません」

「貴官の言いたいことは分かっている。『オレゴン』のような戦艦ではなく、空母を多数建造すべきだった、と言いたいのだろう？」

更に言葉を続けようとしたフォレスタルに先んじて、ノックスが言った。

「おっしゃる通りです」

とのみ、フォレスタルは答えた。

「オレゴン」の建造は、ニューヨーク軍縮条約の失効直後から始まっているが、フォレスタルは一貫して、同艦の建造中止と空母多数の建造を、ノックスや作戦本部に訴えた。

現在、大西洋岸の四箇所の工廠で、ヨークタウン級空母の後継艦となる新型空母エセックス級の建造が進められているが、「オレゴン」の建造費用は、エセックス級一艦の五倍に達する。

「オレゴン」の建造を取り止めにしていれば、単純計算で、エセックス級をあと五隻建造できたはずだ。

空母だけではない。

ノーフォーク海軍工廠で進められているオレゴン級二番艦の建造を取り止めにして、その予算を航空機の調達とクルーの訓練に回せば、日本海軍の空母機動部隊に充分対抗可能な航空兵力を揃えられる。

にも関わらず、合衆国海軍は大艦巨砲主義を遵守し、戦艦の建造を優先した。

海軍省も、作戦本部も、あくまで戦艦の力によって、日本海軍を打ち破るつもりなのだ。

開戦以来、航空機の力を何度となく思い知らされたにも関わらず、何故合衆国海軍は、これほどまでに頑ななのか――と、フォレスタルは首を捻るばかりだった。

「日本との戦争が始まった時点で、『オレゴン』の建造は八〇パーセントまで進んでいた。その時点で中止にするよりは、完成させた方が、安く上がるとの計算結果が出されていた」

　遠くを見るような口調で、ノックスは言った。

「何よりも『オレゴン』は、サウス・ダコタ級やレキシントン級に代わり、新たな合衆国海軍の象徴となる艦だ。その艦を、建造中止にするわけにはいかないという政治上の理由もあった」

「大艦巨砲主義を堅持する限りは、ですな」

　フォレスタルは言った。

　堅持せざるを得ない事情は、フォレスタルにもよく分かっている。

　一九一六年以降、海軍関連の予算は、合衆国の国庫を圧迫し続けた。

　一九一六年度の建艦計画、いわゆる「ダニエルズ・プラン」に基づいた戦艦、巡洋戦艦合計一六隻の建造と維持は、巨大な国力を持つ合衆国にとっても、楽ではなかったのだ。

　仮に合衆国海軍が、大艦巨砲主義を放棄した場合、戦艦群の建造・維持に注ぎ込んだ巨額の国家予算が、全て無駄だったことになる。

　そのようなことになれば、合衆国海軍は国民の信用を一挙に失う。

　海軍長官や作戦本部長は言うに及ばず、海軍省の各局長や作戦本部の各部長クラスが辞任を余儀なくされ、海軍全体が収拾の付かない混乱に陥る。

　組織を守るためにも、大艦巨砲主義の放棄はできないのだ。

　今更、後戻りはできない。

　それが、大艦巨砲主義を選択した合衆国海軍の現実だった。

「太平洋艦隊は、すぐには新たな行動を起こさぬそうだ」

　ノックスは意味ありげな笑いを浮かべて、フォレスタルの肩を叩いた。

「『オレゴン』の戦力化には、ある程度の時間がかかる。前線に出すまでに、最低でも半年は訓練期間が必要だ。その間に、エセックス級空母もある程度の数を揃えられるし、ジークに対抗可能な新型戦闘機も配備される。『オレゴン』を始めとする新世代の艦や新型戦闘機が出揃えば、今度こそジャップを圧倒できるだろう」

フォレスタルは、黙って「オレゴン」を見つめた。

合衆国海軍の象徴となるべき大戦艦が、一四門もの主砲を放ち、日本海軍を圧倒する姿が浮かんだが、それが確実にやって来る未来なのか、希望的観測に過ぎないのかは、判然としなかった。

【第五巻に続く】

ご感想・ご意見は
下記中央公論新社住所、または
e-mail：cnovels@chuko.co.jpまで
お送りください。

C★NOVELS

高速戦艦「赤城」4
――グアム要塞

2024年2月25日　初版発行

著　者　横山信義
発行者　安部順一
発行所　中央公論新社
〒100-8152　東京都千代田区大手町1-7-1
電話　販売 03-5299-1730　編集 03-5299-1930
URL https://www.chuko.co.jp/

DTP　平面惑星
印　刷　三晃印刷（本文）
大熊整美堂（カバー・表紙）
製　本　小泉製本

Published by CHUOKORON-SHINSHA, INC.
Printed in Japan　ISBN978-4-12-501477-7 C0293

高速戦艦「赤城」1

帝国包囲陣

横山信義

満州国を巡る日米間交渉は妥協点が見出せぬまま打ち切られ、米国はダニエルズ・プランのもとに建造された四〇センチ砲装備の戦艦一〇隻、巡洋戦艦六隻をハワイとフィリピンに配備する。

ISBN978-4-12-501470-8 C0293 1100円

カバーイラスト 佐藤道明

高速戦艦「赤城」2

「赤城」初陣

横山信義

戦艦の建造を断念し航空主兵主義に転じた連合艦隊は、辛くも米戦艦の撃退に成功した。しかしアジア艦隊撃滅には至らず、また米極東陸軍がバターン半島とコレヒドール要塞で死守の構えに。

ISBN978-4-12-501473-9 C0293 1100円

カバーイラスト 佐藤道明

高速戦艦「赤城」3

巡洋戦艦急襲

横山信義

航空主兵主義に活路を求め、初戦の劣勢を押し返した連合艦隊はついにフィリピンの米国アジア艦隊を撃退。さらに太平洋艦隊に対抗すべく、最後に建造した高速戦艦「赤城」をも投入した。

ISBN978-4-12-501475-3 C0293 1100円

カバーイラスト 佐藤道明

連合艦隊西進す 1

日独開戦

横山信義

ソ連と不可侵条約を締結したドイツは勢いのままに大陸を席巻、英本土に上陸し首都ロンドンを陥落させた。東アジアに逃れた英艦隊は日本に亡命。これによりヒトラーの怒りは日本に波及した。

ISBN978-4-12-501456-2 C0293 1000円

カバーイラスト 高荷義之

表示価格には税を含みません

連合艦隊西進す 2

紅海海戦

横山信義

亡命イギリス政府を保護したことで、ドイツ第三帝国と敵対することになった日本。第二次日英同盟のもとインド洋に進出した連合艦隊は、Uボートの襲撃により主力空母二隻喪失という危機に。

ISBN978-4-12-501459-3 C0293　1000円　　カバーイラスト　高荷義之

連合艦隊西進す 3

スエズの彼方

横山信義

英本土奪回を目指す日本・イギリス連合軍にはスエズ運河を押さえ、地中海への航路を確保する必要がある。だが連合軍の前に、北アフリカを堅守するドイツ・イタリア枢軸軍が立ち塞がる！

ISBN978-4-12-501461-6 C0293　1000円　　カバーイラスト　高荷義之

連合艦隊西進す 4

地中海攻防

横山信義

ドイツ・イタリア枢軸軍を打ち破り、次の目標である地中海制圧とイタリア打倒に向かう日英連合軍。シチリア島を占領すべく上陸船団を進出させるが、枢軸軍がそれを座視するはずもなく……。

ISBN978-4-12-501463-0 C0293　1000円　　カバーイラスト　佐藤道明

連合艦隊西進す 5

英本土奪回

横山信義

日英連合軍はアメリカから購入した最新鋭兵器を装備し、悲願の英本土奪還作戦を開始。ドイツも海軍に編入した英国製戦艦を出撃させる。ここに、前代未聞の英国艦戦同士の戦いが開始される。

ISBN978-4-12-501465-4 C0293　1000円　　カバーイラスト　佐藤道明

連合艦隊西進す 6
北海のラグナロク

横山信義

日英連合軍による英本土奪還が目前に迫る中、ドイツ軍に、ヒトラー総統からロンドン周辺地域の死守命令が下された。英国政府は市街戦を避け、兵糧攻めにして降伏に追い込むしかないと決断。

ISBN978-4-12-501468-5 C0293　1000円　　カバーイラスト　佐藤道明

烈火の太洋 1
セイロン島沖海戦

横山信義

昭和一四年ドイツ・イタリアとの同盟を締結した日本は、ドイツのポーランド進撃を契機に参戦に踏み切る。連合艦隊はインド洋へと進出するが、そこにはイギリス海軍の最強戦艦が――。

ISBN978-4-12-501437-1 C0293　1000円　　カバーイラスト　高荷義之

烈火の太洋 2
太平洋艦隊急進

横山信義

アメリカがついに参戦！　フィリピン救援を目指す米太平洋艦隊は四〇センチ砲戦艦コロラド級三隻を押し立てて決戦を迫る。だが長門、陸奥という主力を欠いた連合艦隊に打つ手はあるのか⁉

ISBN978-4-12-501440-1 C0293　1000円　　カバーイラスト　高荷義之

烈火の太洋 3
ラバウル進攻

横山信義

ラバウル進攻命令が軍令部より下り、主力戦艦を欠いた連合艦隊は空母を結集した機動部隊を編成。米太平洋艦隊も空母を中心とした艦隊を送り出した。ここに、史上最大の海空戦が開始される！

ISBN978-4-12-501442-5 C0293　1000円　　カバーイラスト　高荷義之

表示価格には税を含みません

烈火の太洋 4
中部ソロモン攻防

横山信義

海上戦力が激減した米軍は航空兵力を集中し、ニューギニア、ラバウルへと前進する連合艦隊に対抗。膠着状態となった戦線に、山本五十六は新鋭戦艦「大和」「武蔵」で迎え撃つことを決断。

ISBN978-4-12-501448-7 C0293　1000円

カバーイラスト　高荷義之

烈火の太洋 5
反攻の巨浪

横山信義

米軍の戦略目標はマリアナ諸島。連合艦隊はトラックを死守すべきか。それとも撃って出て、米軍根拠地を攻撃すべきか？　連合艦隊の総力を結集した第一機動艦隊が出撃する先は――。

ISBN978-4-12-501450-0 C0293　1000円

カバーイラスト　高荷義之

烈火の太洋 6
消えゆく烈火

横山信義

トラック沖海戦において米海軍の撃退に成功したものの、連合艦隊の被害も甚大なものとなった。彼我の勢力は完全に逆転。トラックは連日の空襲に晒される。そこで下された苦渋の決断とは。

ISBN978-4-12-501452-4 C0293　1000円

カバーイラスト　高荷義之

荒海の槍騎兵 1
連合艦隊分断

横山信義

昭和一六年、日米両国の関係はもはや戦争を回避できぬところまで悪化。連合艦隊は開戦に向けて主砲すべてを高角砲に換装した防空巡洋艦「青葉」「加古」を前線に送り出す。新シリーズ開幕！

ISBN978-4-12-501419-7 C0293　1000円

カバーイラスト　高荷義之

荒海の槍騎兵 2
激闘南シナ海

横山信義

「プリンス・オブ・ウェールズ」に攻撃される南遣艦隊。連合艦隊主力は機動部隊と合流し急ぎ南下。敵味方ともに空母を擁する艦隊同士――史上初・空母対空母の大海戦が南シナ海で始まった！

ISBN978-4-12-501421-0 C0293 1000円

カバーイラスト 高荷義之

荒海の槍騎兵 3
中部太平洋急襲

横山信義

集結した連合艦隊の猛反撃により米英主力は撃破された。太平洋艦隊新司令長官ニミッツは大西洋から回航された空母群を真珠湾から呼び寄せ、連合艦隊の戦力を叩く作戦を打ち出した！

ISBN978-4-12-501423-4 C0293 1000円

カバーイラスト 高荷義之

荒海の槍騎兵 4
試練の機動部隊

横山信義

機動部隊をおびき出す米海軍の作戦は失敗。だが日米両軍ともに損害は大きかった。一年半余、ついに米太平洋艦隊は再建。新鋭空母エセックス級の群れが新型艦上機隊を搭載し出撃！

ISBN978-4-12-501428-9 C0293 1000円

カバーイラスト 高荷義之

荒海の槍騎兵 5
奮迅の鹵獲戦艦

横山信義

中部太平洋最大の根拠地であるトラックを失った連合艦隊。おそらく、次の戦場で日本の命運は決する。だが、連合艦隊には米艦隊と正面から戦う力は失われていた――。

ISBN978-4-12-501431-9 C0293 1000円

カバーイラスト 高荷義之

表示価格には税を含みません

荒海の槍騎兵 6

運命の一撃

横山信義

機動部隊は開戦以来の連戦により、戦力の大半を失ってしまう。新司令長官小沢は、機動部隊を囮とし、米海軍空母部隊を戦場から引き離す作戦で賭に出る！　シリーズ完結。

ISBN978-4-12-501435-7 C0293　1000円

カバーイラスト　高荷義之

蒼洋の城塞 1

ドゥリットル邀撃

横山信義

演習中の潜水艦がドゥリットル空襲を阻止。これを受け大本営は大きく戦略方針を転換し、MO作戦の完遂を急ぐのだが……。鉄壁の護りで敵国を迎え撃つ新シリーズ！

ISBN978-4-12-501402-9 C0293　980円

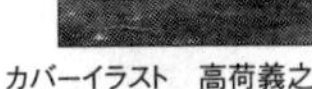

カバーイラスト　高荷義之

蒼洋の城塞 2

豪州本土強襲

横山信義

MO作戦完遂の大戦果を上げた日本軍。これを受け山本五十六はMI作戦中止を決定。標的をガダルカナルとソロモン諸島に変更するが……。鉄壁の護りを誇る皇国を描くシリーズ第二弾。

ISBN978-4-12-501404-3 C0293　980円

カバーイラスト　高荷義之

蒼洋の城塞 3

英国艦隊参陣

横山信義

ポート・モレスビーを攻略した日本に対し、ついに英国が参戦を決定。「キング・ジョージ五世」と「大和」。巨大戦艦同士の決戦が幕を開ける！

ISBN978-4-12-501408-1 C0293　980円

カバーイラスト　高荷義之

蒼洋の城塞 4
ソロモンの堅陣

横山信義

珊瑚海に現れた米国の四隻の新型空母。空では、敵機の背後を取るはずが逆に距離を詰められていく零戦機。珊瑚海にて四たび激突する日米艦隊。戦いは新たな局面へ——。

ISBN978-4-12-501410-4 C0293　980円　　カバーイラスト　高荷義之

蒼洋の城塞 5
マーシャル機動戦

横山信義

新型戦闘機の登場によって零戦は苦戦を強いられ、米軍はその国力に物を言わせて艦隊を増強。日本はこのまま米国の巨大な物量に押し切られてしまうのか⁉

ISBN978-4-12-501415-9 C0293　980円　　カバーイラスト　高荷義之

蒼洋の城塞 6
城塞燃ゆ

横山信義

敵機は「大和」「武蔵」だけを狙ってきた。この二戦艦さえ仕留めれば艦隊戦に勝利する。米軍はそれを熟知するがゆえに、大攻勢をかけてくる。大和型×アイオワ級の最終決戦の行方は？

ISBN978-4-12-501418-0 C0293　980円　　カバーイラスト　高荷義之

アメリカ陥落 1
異常気象

大石英司

アメリカ分断を招きかねない“大陪審”の判決前夜。テキサスの田舎町を襲った竜巻の爪痕から、異様な死体が見つかった……迫真の新シリーズ、堂々開幕！

ISBN978-4-12-501471-5 C0293　1100円　　カバーイラスト　安田忠幸

表示価格には税を含みません

アメリカ陥落２

大暴動

大石英司

ワシントン州中部、人口八千人の小さな町クインシー。ＧＡＦＡＭ始め、世界中のデータ・センターがあるこの町に、数千の暴徒が迫っていた――某勢力の煽動の下、クインシーの戦い、開戦！

ISBN978-4-12-501472-2 C0293　1100円

カバーイラスト　安田忠幸

アメリカ陥落３

全米抵抗運動

大石英司

統治機能を喪失し、ディストピア化しつつあるアメリカ。ヤキマにいたサイレント・コア部隊は邦人救出のため、一路ロスへ向かうが――。

ISBN978-4-12-501474-6 C0293　1100円

カバーイラスト　安田忠幸

パラドックス戦争　上

デフコン3

大石英司

逮捕直後に犯人が死亡する不可解な連続通り魔事件。核保有国を震わせる核兵器の異常挙動。そして二一世紀末の火星で発見された正体不明の遺跡……。謎が謎を呼ぶ怒濤のＳＦ開幕！

ISBN978-4-12-501466-1 C0293　1000円

カバーイラスト　安田忠幸

パラドックス戦争　下

ドゥームズデイ

大石英司

正体不明のＡＩコロッサスが仕掛ける核の脅威！乗っ取られたＮＧＡＤを追うべく、米ペンタゴンのM・Aはサイレント・コア部隊と共闘するが……。世界を狂わせるパラドックスの謎を追え！

ISBN978-4-12-501467-8 C0293　1000円

カバーイラスト　安田忠幸

台湾侵攻 1
最後通牒

大石英司

人民解放軍が大艦隊による台湾侵攻を開始した。一方、中国の特殊部隊の暗躍でブラックアウトした東京にもミサイルが着弾……日本・台湾・米国の連合軍は中国の大攻勢を食い止められるのか！

ISBN978-4-12-501445-6 C0293　1000円　カバーイラスト　安田忠幸

台湾侵攻 2
着上陸侵攻

大石英司

台湾西岸に上陸した人民解放軍２万人を殲滅した台湾軍に、軍神・雷炎擁する部隊が奇襲を仕掛ける――邦人退避任務に〈サイレント・コア〉原田小隊も出動し、ついに司馬光がバヨネットを握る！

ISBN978-4-12-501447-0 C0293　1000円　カバーイラスト　安田忠幸

台湾侵攻 3
電撃戦

大石英司

台湾鐵軍部隊の猛攻を躱した、軍神雷炎擁する人民解放軍第164海軍陸戦兵旅団。舞台は、自然保護区と高層ビル群が隣り合う紅樹林地区へ。後に「地獄の夜」と呼ばれる最低最悪の激戦が始まる！

ISBN978-4-12-501449-4 C0293　1000円　カバーイラスト　安田忠幸

台湾侵攻 4
第2梯団上陸

大石英司

決死の作戦で「紅樹林の地獄の夜」を辛くも凌いだ台湾軍。しかし、圧倒的物量を誇る中国第２梯団が台湾南西部に到着する。その頃日本には、新たに12発もの弾道弾が向かっていた――。

ISBN978-4-12-501451-7 C0293　1000円　カバーイラスト　安田忠幸

表示価格には税を含みません

台湾侵攻 5
空中機動旅団

大石英司

驚異的な機動力を誇る空中機動旅団の投入により、台湾中部の濁水渓戦線を制した人民解放軍。人口300万人を抱える台中市に第２梯団が迫る中、日本からコンビニ支援部隊が上陸しつつあった。

ISBN978-4-12-501453-1 C0293　1000円

カバーイラスト　安田忠幸

台湾侵攻 6
日本参戦

大石英司

台中市陥落を受け、ついに日本が動き出した。水陸機動団ほか諸部隊を、海空と連動して台湾に上陸させる計画を策定する。人民解放軍を驚愕させるその作戦の名は、玉山（ユイシャン）――。

ISBN978-4-12-501455-5 C0293　1000円

カバーイラスト　安田忠幸

台湾侵攻 7
首都侵攻

大石英司

時を同じくして､土門率いる水機団と“サイレント・コア”部隊、そして人民解放軍の空挺兵が台湾に降り立った。戦闘の焦点は台北近郊、少年烈士団が詰める桃園国際空港エリアへ――！

ISBN978-4-12-501458-6 C0293　1000円

カバーイラスト　安田忠幸

台湾侵攻 8
戦争の犬たち

大石英司

奇妙な膠着状態を見せる新竹地区にサイレント・コア原田小隊が到着、その頃、少年烈士団が詰める桃園国際空港には、中国の傭兵部隊がＡＩ制御の新たな殺人兵器を投入しようとしていた……

ISBN978-4-12-501460-9 C0293　1000円

カバーイラスト　安田忠幸

台湾侵攻 9
ドローン戦争

大石英司

中国人民解放軍が作りだした人工雲は、日台両軍を未曽有の混乱に陥れた。そのさなかに送り込まれた第３梯団を水際で迎え撃つため、陸海空で文字どおり〝五里霧中〟の死闘が始まる！

ISBN978-4-12-501462-3 C0293　1000円

カバーイラスト　安田忠幸

台湾侵攻10
絶対防衛線

大石英司

ついに台湾上陸を果たした中国の第３梯団。解放軍を止める絶対防衛線を定め、台湾軍と自衛隊、“サイレント・コア”部隊が総力戦に臨む！　大いなる犠牲を経て、台湾は平和を取り戻せるか！

ISBN978-4-12-501464-7 C0293　1000円

カバーイラスト　安田忠幸

表示価格には税を含みません